Fables choisies de La Fontaine

Fables choisies de La Fontaine

ILLUSTRÉES PAR

JIŘÍ TRNKA

Gründ

GARANTIE DE L'EDITEUR

Pour vous parvenir à son plus juste prix, cet ouvrage a fait l'objet d'un gros tirage. Malgré tous les soins apportés à sa fabrication, il est malheureusement possible qu'il comporte un défaut d'impression ou de façonnage. Dans ce cas, ce livre vous sera échangé sans frais.
Veuillez à cet effet le rapporter au libraire qui vous l'a vendu ou nous écrire à l'adresse ci-dessous en nous précisant la nature du défaut constaté. Dans l'un ou l'autre cas, il sera immédiatement fait droit à votre réclamation.
Librairie Gründ — 60 rue Mazarine — 75006 Paris

Arrangement graphique par Bohuslav Blažej

ISBN 2-7000-1122-8
Dix-septième tirage 1992
Imprimé en Tchécoslovaquie par Polygrafia, Prague
1/01/27/53-17
Loi n° 49-956 du 16 juillet 1949 sur les publications destinées à la jeunesse

Table alphabétique

La Cigale et la Fourmi

La Cigale, ayant chanté
Tout l'Été,
Se trouva fort dépourvue
Quand la bise fut venue.
Pas un seul petit morceau
De mouche ou de vermisseau.
Elle alla crier famine
Chez la Fourmi sa voisine,
La priant de lui prêter
Quelque grain pour subsister
Jusqu'à la saison nouvelle.
Je vous paierai, lui dit-elle,
Avant l'Oût, foi d'animal,
Intérêt et principal.
La Fourmi n'est pas prêteuse ;
C'est là son moindre défaut.
« Que faisiez-vous au temps chaud ?
Dit-elle à cette emprunteuse.
— Nuit et jour à tout venant
Je chantais, ne vous déplaise.
— Vous chantiez ? j'en suis fort aise.
Eh bien ! dansez maintenant. »

Le Corbeau et le Renard 8

Maître Corbeau, sur un arbre perché,
        Tenait en son bec un fromage.
Maître Renard, par l'odeur alléché,
        Lui tint à peu près ce langage :
        Et bonjour, Monsieur du Corbeau.
Que vous êtes joli ! que vous me semblez beau !
        Sans mentir, si votre ramage
        Se rapporte à votre plumage,
Vous êtes le Phénix des hôtes de ces bois.
A ces mots, le Corbeau ne se sent pas de joie ;
        Et pour montrer sa belle voix,
Il ouvre un large bec, laisse tomber sa proie.
Le Renard s'en saisit, et dit : Mon bon Monsieur,
        Apprenez que tout flatteur
Vit aux dépens de celui qui l'écoute.
Cette leçon vaut bien un fromage, sans doute.
        Le Corbeau honteux et confus
Jura, mais un peu tard, qu'on ne l'y prendrait plus.

La Grenouille qui se veut faire aussi grosse que le Bœuf

Une Grenouille vit un Bœuf
Qui lui sembla de belle taille.
Elle qui n'était pas grosse en tout comme un œuf,
Envieuse s'étend, et s'enfle, et se travaille
Pour égaler l'animal en grosseur,
Disant : Regardez bien, ma sœur ;
Est-ce assez ? dites-moi ; n'y suis-je point encore?
— Nenni. — M'y voici donc ? — Point du tout. — M'y voilà ?
— Vous n'en approchez point. La chétive pécore
S'enfla si bien qu'elle creva.

Le monde est plein de gens qui ne sont pas plus sages :
Tout Bourgeois veut bâtir comme les grands Seigneurs,
Tout petit Prince a des Ambassadeurs,
Tout Marquis veut avoir des Pages.

Deux Mulets cheminaient : l'un d'avoine chargé ;
L'autre portant l'argent de la Gabelle.
Celui-ci, glorieux d'une charge si belle,
N'eût voulu pour beaucoup en être soulagé.
Il marchait d'un pas relevé,
Et faisait sonner sa sonnette :
Quand, l'ennemi se présentant,
Comme il en voulait à l'argent,
Sur le Mulet du fisc une troupe se jette,
Le saisit au frein et l'arrête.
Le Mulet en se défendant
Se sent percer de coups : il gémit, il soupire.
Est-ce donc là, dit-il, ce qu'on m'avait promis ?
Ce Mulet qui me suit du danger se retire,
Et moi j'y tombe, et je péris.
— Ami, lui dit son camarade,
Il n'est pas toujours bon d'avoir un haut emploi :
Si tu n'avais servi qu'un Meunier, comme moi,
Tu ne serais pas si malade.

Jupiter dit un jour : Que tout ce qui respire
S'en vienne comparaître aux pieds de ma grandeur.
Si dans son composé quelqu'un trouve à redire,
Il peut le déclarer sans peur :
Je mettrai remède à la chose.
Venez, Singe ; parlez le premier, et pour cause.
Voyez ces animaux, faites comparaison
De leurs beautés avec les vôtres.
Êtes-vous satisfait ? — Moi, dit-il, pourquoi non ?
N'ai-je pas quatre pieds aussi bien que les autres ?
Mon portrait jusqu'ici ne m'a rien reproché ;
Mais pour mon frère l'Ours, on ne l'a qu'ébauché :
Jamais, s'il me veut croire, il ne se fera peindre.
L'Ours venant là-dessus, on crut qu'il s'allait plaindre.
Tant s'en faut : de sa forme il se loua très fort
Glosa sur l'Éléphant ; dit qu'on pourrait encor
Ajouter à sa queue, ôter à ses oreilles ;
Que c'était une masse informe et sans beauté.
L'Éléphant étant écouté,
Tout sage qu'il était, dit des choses pareilles.
Il jugea qu'à son appétit
Dame Baleine était trop grosse.
Dame Fourmi trouva le Ciron trop petit,
Se croyant, pour elle, un colosse.
Jupin les renvoya s'étant censurés tous,

Du reste, contents d'eux ; mais parmi les plus fous,
Notre espèce excella ; car tout ce que nous sommes,
Lynx envers nos pareils, et Taupes envers nous,
Nous nous pardonnons tout, et rien aux autres hommes.
On se voit d'un autre œil qu'on ne voit son prochain.
        Le Fabricateur souverain
Nous créa Besaciers tous de même manière,
Tant ceux du temps passé que du temps d'aujourd'hui.
Il fit pour nos défauts la poche de derrière,
Et celle de devant pour les défauts d'autrui.

L'Hirondelle et les petits Oiseaux

Une Hirondelle en ses voyages
Avait beaucoup appris. Quiconque a beaucoup vu
Peut avoir beaucoup retenu.
Celle-ci prévoyait jusqu'aux moindres orages,
Et devant qu'ils fussent éclos,
Les annonçait aux Matelots.
Il arriva qu'au temps que la chanvre se sème,
Elle vit un Manant en couvrir maints sillons.
Ceci ne me plaît pas, dit-elle aux Oisillons.
Je vous plains : car pour moi, dans ce péril extrême,
Je saurai m'éloigner, ou vivre en quelque coin.
Voyez-vous cette main qui par les airs chemine ?
Un jour viendra, qui n'est pas loin,
Que ce qu'elle répand sera votre ruine.
De là naîtront engins à vous envelopper,
Et lacets pour vous attraper,
Enfin mainte et mainte machine
Qui causera dans la saison
Votre mort ou votre prison.
Gare la cage ou le chaudron.
C'est pourquoi, leur dit l'Hirondelle,
Mangez ce grain ; et croyez-moi.
Les Oiseaux se moquèrent d'elle :
Ils trouvaient aux champs trop de quoi.
Quand la chènevière fut verte,

L'Hirondelle leur dit : Arrachez brin à brin
Ce qu'a produit ce maudit grain,
Ou soyez sûrs de votre perte.
— Prophète de malheur, babillarde, dit-on,
Le bel emploi que tu nous donnes !
Il nous faudrait mille personnes
Pour éplucher tout ce canton.
La chanvre étant tout à fait crue,
L'Hirondelle ajouta : Ceci ne va pas bien ;
Mauvaise graine est tôt venue.
Mais puisque jusqu'ici l'on ne m'a crue en rien,
Dès que vous verrez que la terre
Sera couverte, et qu'à leurs blés
Les gens n'étant plus occupés
Feront aux Oisillons la guerre ;
Quand reginglettes et réseaux
Attraperont petits Oiseaux,
Ne volez plus de place en place,
Demeurez au logis, ou changez de climat :
Imitez le Canard, la Grue, et la Bécasse.
Mais vous n'êtes pas en état
De passer comme nous les déserts et les ondes,
Ni d'aller chercher d'autres mondes.
C'est pourquoi vous n'avez qu'un parti qui soit sûr :
C'est de vous renfermer aux trous de quelque mur.

Les Oisillons, las de l'entendre,
Se mirent à jaser aussi confusément
Que faisaient les Troyens quand la pauvre Cassandre
Ouvrait la bouche seulement.
Il en prit aux uns comme aux autres :
Maint oisillon se vit esclave retenu.
Nous n'écoutons d'instincts que ceux qui sont les nôtres,
Et ne croyons le mal que quand il est venu.

Le Loup et le Chien 16

Un Loup n'avait que les os et la peau ;
Tant les Chiens faisaient bonne garde.
Ce Loup rencontre un Dogue aussi puissant que beau,
Gras, poli, qui s'était fourvoyé par mégarde.
L'attaquer, le mettre en quartiers,
Sire Loup l'eût fait volontiers.
Mais il fallait livrer bataille,
Et le Mâtin était de taille
A se défendre hardiment.
Le Loup donc l'aborde humblement,
Entre en propos, et lui fait compliment
Sur son embonpoint, qu'il admire.
Il ne tiendra qu'à vous, beau Sire,
D'être aussi gras que moi, lui repartit le Chien.
Quittez les bois, vous ferez bien :
Vos pareils y sont misérables,
Cancres, haires, et pauvres diables,
Dont la condition est de mourir de faim.
Car quoi ? Rien d'assuré : point de franche lippée :
Tout à la pointe de l'épée.
Suivez-moi : vous aurez un bien meilleur destin.
Le Loup reprit : Que me faudra-t-il faire ?
Presque rien, dit le Chien, donner la chasse aux gens
Portants bâtons, et mendiants ;
Flatter ceux du logis, à son Maître complaire ;

Moyennant quoi votre salaire
Sera force reliefs de toutes les façons :
Os de poulets, os de pigeons :
Sans parler de mainte caresse.
Le Loup déjà se forge une félicité
Qui le fait pleurer de tendresse.
Chemin faisant, il vit le col du Chien pelé.
Qu'est-ce là ? lui dit-il. — Rien. — Quoi ? rien ? — Peu de chose.
— Mais encor ? — Le collier dont je suis attaché
De ce que vous voyez est peut-être la cause.
— Attaché ? dit le Loup : vous ne courez donc pas
Où vous voulez ? — Pas toujours, mais qu'importe ?
— Il importe si bien, que de tous vos repas
Je ne veux en aucune sorte,
Et ne voudrais pas même à ce prix un trésor.
Cela dit, maître Loup s'enfuit, et court encor.

Le Loup et l'Agneau 20

La raison du plus fort est toujours la meilleure :
Nous l'allons montrer tout à l'heure.
Un Agneau se désaltérait
Dans le courant d'une onde pure.
Un Loup survient à jeun qui cherchait aventure,
Et que la faim en ces lieux attirait.
Qui te rend si hardi de troubler mon breuvage ?
Dit cet animal plein de rage :
Tu seras châtié de ta témérité.
— Sire, répond l'Agneau, que votre Majesté
Ne se mette pas en colère ;
Mais plutôt qu'elle considère
Que je me vas désaltérant
Dans le courant,
Plus de vingt pas au-dessous d'Elle,
Et que par conséquent en aucune façon
Je ne puis troubler sa boisson.
— Tu la troubles, reprit cette bête cruelle,
Et je sais que de moi tu médis l'an passé.
— Comment l'aurais-je fait, si je n'étais pas né ?
Reprit l'Agneau, je tette encor ma mère.
— Si ce n'est toi, c'est donc ton frère.
— Je n'en ai point. — C'est donc quelqu'un des tiens :

Car vous ne m'épargnez guère,
Vous, vos bergers, et vos chiens.
On me l'a dit : il faut que je me venge.
Là-dessus, au fond des forêts
Le Loup l'emporte, et puis le mange,
Sans autre forme de procès.

Les Voleurs et l'Ane 22

Pour un Ane enlevé deux Voleurs se battaient :
L'un voulait le garder ; l'autre le voulait vendre.
Tandis que coups de poing trottaient,
Et que nos champions songeaient à se défendre,
Arrive un troisième larron
Qui saisit maître Aliboron.
L'Ane, c'est quelquefois une pauvre province.
Les voleurs sont tel ou tel prince,
Comme le Transylvain, le Turc, et le Hongrois.
Au lieu de deux, j'en ai rencontré trois :
Il est assez de cette marchandise.
De nul d'eux n'est souvent la Province conquise ;
Un quart Voleur survient, qui les accorde net
En se saisissant du Baudet.

Le Renard et la Cigogne

Compère le Renard se mit un jour en frais,
Et retint à dîner commère la Cigogne.
Le régal fut petit, et sans beaucoup d'apprêts ;
 Le galand pour toute besogne
Avait un brouet clair (il vivait chichement).
Ce brouet fut par lui servi sur une assiette :
La Cigogne au long bec n'en put attraper miette ;
Et le drôle eut lapé le tout en un moment.
 Pour se venger de cette tromperie,
A quelque temps de là, la Cigogne le prie.
Volontiers, lui dit-il, car avec mes amis
 Je ne fais point cérémonie.
A l'heure dite il courut au logis
 De la Cigogne son hôtesse,
 Loua très fort la politesse,
 Trouva le dîner cuit à point.
Bon appétit surtout ; Renards n'en manquent point.
Il se réjouissait à l'odeur de la viande
Mise en menus morceaux, et qu'il croyait friande.
 On servit, pour l'embarrasser,
En un vase à long col et d'étroite embouchure.
Le bec de la Cigogne y pouvait bien passer,
Mais le museau du Sire était d'autre mesure.

Il lui fallut à jeun retourner au logis,
Honteux comme un Renard qu'une Poule aurait pris,
Serrant la queue, et portant bas l'oreille.
Trompeurs, c'est pour vous que j'écris :
Attendez-vous à la pareille.

Le Chêne et le Roseau

Le Chêne un jour dit au Roseau :
Vous avez bien sujet d'accuser la Nature ;
Un Roitelet pour vous est un pesant fardeau.
Le moindre vent qui d'aventure
Fait rider la face de l'eau
Vous oblige à baisser la tête :
Cependant que mon front, au Caucase pareil,
Non content d'arrêter les rayons du Soleil,
Brave l'effort de la tempête.
Tout vous est Aquilon, tout me semble Zéphir.
Encor si vous naissiez à l'abri du feuillage
Dont je couvre le voisinage,
Vous n'auriez pas tant à souffrir :
Je vous défendrais de l'orage ;
Mais vous naissez le plus souvent
Sur les humides bords des Royaumes du vent.
La nature envers vous me semble bien injuste.
— Votre compassion, lui répondit l'Arbuste,
Part d'un bon naturel ; mais quittez ce souci.
Les vents me sont moins qu'à vous redoutables.
Je plie, et ne romps pas. Vous avez jusqu'ici
Contre leurs coups épouvantables
Résisté sans courber le dos ;
Mais attendons la fin. Comme il disait ces mots,
Du bout de l'horizon accourt avec furie

Le plus terrible des enfants
Que le Nord eût portés jusque-là dans ses flancs.
L'Arbre tient bon ; le Roseau plie.
Le vent redouble ses efforts,
Et fait si bien qu'il déracine
Celui de qui la tête au Ciel était voisine,
Et dont les pieds touchaient à l'Empire des Morts.

La Chauve-Souris et les deux Belettes

Une Chauve-Souris donna tête baissée
Dans un nid de Belette ; et sitôt qu'elle y fut,
L'autre, envers les souris de longtemps courroucée,
Pour la dévorer accourut.
Quoi ! vous osez, dit-elle, à mes yeux vous produire,
Après que votre race a tâché de me nuire !
N'êtes-vous pas Souris ? Parlez sans fiction.
Oui, vous l'êtes, ou bien je ne suis pas Belette.
— Pardonnez-moi, dit la pauvrette,
Ce n'est pas ma profession.
Moi, Souris ! Des méchants vous ont dit ces nouvelles.
Grâce à l'Auteur de l'Univers,
Je suis Oiseau : voyez mes ailes .
Vive la gent qui fend les airs !
Sa raison plut, et sembla bonne.
Elle fait si bien qu'on lui donne
Liberté de se retirer.
Deux jours après, notre étourdie
Aveuglément va se fourrer
Chez une autre Belette aux Oiseaux ennemie.
La voilà derechef en danger de sa vie.
La Dame du logis avec son long museau
S'en allait la croquer en qualité d'Oiseau,
Quand elle protesta qu'on lui faisait outrage :
Moi, pour telle passer ? Vous n'y regardez pas.

Qui fait l'Oiseau ? c'est le plumage.
Je suis Souris : vivent les Rats !
Jupiter confonde les Chats !
Par cette adroite repartie
Elle sauva deux fois sa vie.

Plusieurs se sont trouvés qui d'écharpe changeants,
Aux dangers, ainsi qu'elle, ont souvent fait la figue.
Le Sage dit, selon les gens :
Vive le Roi ! vive la Ligue !

Les Frelons et les Mouches à miel

A l'œuvre on connaît l'Artisan.
Quelques rayons de miel sans maître se trouvèrent,
Des Frelons les réclamèrent.
Des Abeilles s'opposant,
Devant certaine Guêpe on traduisit la cause.
Il était malaisé de décider la chose.
Les témoins déposaient qu'autour de ces rayons
Des animaux ailés, bourdonnants, un peu longs,
De couleur fort tannée et tels que les Abeilles,
Avaient longtemps paru. Mais quoi ! dans les Frelons
Ces enseignes étaient pareilles.
La Guêpe, ne sachant que dire à ces raisons,
Fit enquête nouvelle, et pour plus de lumière
Entendit une fourmilière.
Le point n'en put être éclairci.
De grâce, à quoi bon tout ceci ?
Dit une Abeille fort prudente,
Depuis tantôt six mois que la cause est pendante,
Nous voici comme aux premiers jours.
Pendant cela le miel se gâte.
Il est temps désormais que le juge se hâte :
N'a-t-il point assez léché l'Ours ?
Sans tant de contredits et d'interlocutoires,
Et de fatras, et de grimoires,
Travaillons, les Frelons et nous :

On verra qui sait faire, avec un suc si doux
Des cellules si bien bâties.
Le refus des Frelons fit voir
Que cet art passait leur savoir ;
Et la Guêpe adjugea le miel à leurs parties.
Plût à Dieu qu'on réglât ainsi tous les procès !
Que des Turcs en cela l'on suivît la méthode !
Le simple sens commun nous tiendrait lieu de Code ;
Il ne faudrait point tant de frais.
Au lieu qu'on nous mange, on nous gruge,
On nous mine par des longueurs;
On fait tant, à la fin, que l'huître est pour le juge,
Les écailles pour les plaideurs.

L'Oiseau blessé d'une flèche

Mortellement atteint d'une flèche empennée,
Un Oiseau déplorait sa triste destinée,
Et disait, en souffrant un surcroît de douleur :
Faut-il contribuer à son propre malheur ?
        Cruels humains, vous tirez de nos ailes
De quoi faire voler ces machines mortelles ;
Mais ne vous moquez point, engeance sans pitié :
Souvent il vous arrive un sort comme le nôtre.
Des enfants de Japet toujours une moitié
        Fournira des armes à l'autre.

Le Coq et la Perle

Un jour un Coq détourna
Une Perle qu'il donna
Au beau premier Lapidaire.
Je la crois fine, dit-il,
Mais le moindre grain de mil
Serait bien mieux mon affaire.

Un ignorant hérita
D'un manuscrit qu'il porta
Chez son voisin le Libraire.
Je crois, dit-il, qu'il est bon ;
Mais le moindre ducaton
Serait bien mieux mon affaire.

Le Rat de ville, et le Rat des champs 34

Autrefois le Rat de ville
Invita le Rat des champs,
D'une façon fort civile,
A des reliefs d'Ortolans.

Sur un Tapis de Turquie
Le couvert se trouva mis.
Je laisse à penser la vie
Que firent ces deux amis.

Le régal fut fort honnête,
Rien ne manquait au festin ;
Mais quelqu'un troubla la fête
Pendant qu'ils étaient en train.

A la porte de la salle
Ils entendirent du bruit :
Le Rat de ville détale ;
Son camarade le suit.

Le bruit cesse, on se retire :
Rats en campagne aussitôt ;
Et le citadin de dire :
Achevons tout notre rôt.

— C'est assez, dit le rustique ;
Demain vous viendrez chez moi :
Ce n'est pas que je me pique
De tous vos festins de Roi ;

Mais rien ne vient m'interrompre :
Je mange tout à loisir.
Adieu donc, fi du plaisir
Que la crainte peut corrompre.

Conseil tenu par les Rats

38

Un Chat nommé Rodilardus
Faisait de Rats telle déconfiture
Que l'on n'en voyait presque plus,
Tant il en avait mis dedans la sépulture.
Le peu qu'il en restait, n'osant quitter son trou,
Ne trouvait à manger que le quart de son sou ;
Et Rodilard passait, chez la gent misérable,
Non pour un Chat, mais pour un Diable.
Or un jour qu'au haut et au loin
Le galand alla chercher femme,
Pendant tout le sabbat qu'il fit avec sa Dame,
Le demeurant des Rats tint Chapitre en un coin
Sur la nécessité présente.
Dès l'abord leur Doyen, personne fort prudente,
Opina qu'il fallait, et plus tôt que plus tard,
Attacher un grelot au cou de Rodilard ;
Qu'ainsi, quand il irait en guerre,
De sa marche avertis, ils s'enfuiraient sous terre ;
Qu'il n'y savait que ce moyen.
Chacun fut de l'avis de Monsieur le Doyen,
Chose ne leur parut à tous plus salutaire.
La difficulté fut d'attacher le grelot.
L'un dit : Je n'y vas point, je ne suis pas si sot ;
L'autre : Je ne saurais. Si bien que sans rien faire
On se quitta. J'ai maints Chapitres vus,

Qui pour néant se sont ainsi tenus :
Chapitres non de Rats, mais Chapitres de Moines,
Voire Chapitres de Chanoines.

Ne faut-il que délibérer,
La Cour en Conseillers foisonne ;
Est-il besoin d'exécuter,
L'on ne rencontre plus personne.

Le Lion et le Moucheron *40*

Va-t'en, chétif insecte, excrément de la terre.
C'est en ces mots que le Lion
Parlait un jour au Moucheron.
L'autre lui déclara la guerre.
Penses-tu, lui dit-il, que ton titre de Roi
Me fasse peur ni me soucie ?
Un bœuf est plus puissant que toi,
Je le mène à ma fantaisie.
A peine il achevait ces mots
Que lui-même il sonna la charge ;
Fut le Trompette et le Héros.
Dans l'abord il se met au large,
Puis prend son temps, fond sur le cou
Du Lion, qu'il rend presque fou.
Le quadrupède écume, et son œil étincelle ;
Il rugit, on se cache, on tremble à l'environ ;
Et cette alarme universelle
Est l'ouvrage d'un Moucheron.
Un avorton de Mouche en cent lieux le harcelle,
Tantôt pique l'échine, et tantôt le museau,
Tantôt entre au fond du naseau.
La rage alors se trouve à son faîte montée.
L'invisible ennemi triomphe, et rit de voir
Qu'il n'est griffe ni dent en la bête irritée
Qui de la mettre en sang ne fasse son devoir.

Le malheureux Lion se déchire lui-même,
Fait résonner sa queue à l'entour de ses flancs,
Bat l'air, qui n'en peut mais ; et sa fureur extrême
Le fatigue, l'abat ; le voilà sur les dents.
L'insecte du combat se retire avec gloire :
Comme il sonna la charge, il sonne la victoire,
Va partout l'annoncer, et rencontre en chemin
L'embuscade d'une araignée :
Il y rencontre aussi sa fin.

Quelle chose par là nous peut être enseignée ?
J'en vois deux, dont l'une est qu'entre nos ennemis
Les plus à craindre sont souvent les plus petits ;
L'autre, qu'aux grands périls tel a pu se soustraire,
Qui périt pour la moindre affaire.

L'Ane chargé d'éponges, et l'Ane chargé de sel 42

Un Anier, son Sceptre à la main,
Menait, en Empereur Romain,
Deux Coursiers à longues oreilles.
L'un d'éponges chargé marchait comme un Courrier ;
Et l'autre se faisant prier
Portait, comme on dit, les bouteilles :
Sa charge était de sel. Nos gaillards pèlerins,
Par monts, par vaux et par chemins,
Au gué d'une rivière à la fin arrivèrent,
Et fort empêchés se trouvèrent.
L'Anier, qui tous les jours traversait ce gué-là,
Sur l'Ane à l'éponge monta,
Chassant devant lui l'autre bête,
Qui voulant en faire à sa tête,
Dans un trou se précipita,
Revint sur l'eau, puis échappa ;
Car au bout de quelques nagées,
Tout son sel se fondit si bien
Que le Baudet ne sentit rien
Sur ses épaules soulagées.
Camarade Épongier prit exemple sur lui,
Comme un Mouton qui va dessus la foi d'autrui.
Voilà mon Ane à l'eau : jusqu'au col il se plonge,
Lui, le Conducteur et l'Éponge.

Tous trois burent d'autant : l'Anier et le Grison
Firent à l'éponge raison.
Celle-ci devint si pesante,
Et de tant d'eau s'emplit d'abord,
Que l'Ane succombant ne put gagner le bord.
L'Anier l'embrassait dans l'attente
D'une prompte et certaine mort.
Quelqu'un vint au secours : qui ce fut, il n'importe ;
C'est assez qu'on ait vu par là qu'il ne faut point
Agir chacun de même sorte.
J'en voulais venir à ce point.

Le Lion et le Rat

44

Il faut, autant qu'on peut, obliger tout le monde :
On a souvent besoin d'un plus petit que soi.
De cette vérité deux Fables feront foi,
        Tant la chose en preuves abonde.

        Entre les pattes d'un Lion
Un Rat sortit de terre assez à l'étourdie.
Le Roi des animaux, en cette occasion,
Montra ce qu'il était, et lui donna la vie.
        Ce bienfait ne fut pas perdu.
        Quelqu'un aurait-il jamais cru
        Qu'un Lion d'un Rat eût affaire?
Cependant il avint qu'au sortir des forêts
        Ce Lion fut pris dans des rets
Dont ses rugissements ne le purent défaire.
Sire Rat accourut, et fit tant par ses dents
Qu'une maille rongée emporta tout l'ouvrage,
        Patience et longueur de temps
        Font plus que force ni que rage.

La Colombe et la Fourmi

L'autre exemple est tiré d'animaux plus petits.
Le long d'un clair ruisseau buvait une Colombe,
Quand sur l'eau se penchant une Fourmi y tombe ;
Et dans cet Océan l'on eût vu la Fourmi
S'efforcer, mais en vain, de regagner la rive.
La Colombe aussitôt usa de charité :
Un brin d'herbe dans l'eau par elle étant jeté,
Ce fut un promontoire où la Fourmi arrive.
        Elle se sauve ; et là-dessus
Passe un certain Croquant qui marchait les pieds nus.
Ce Croquant par hasard avait une arbalète.
        Dès qu'il voit l'Oiseau de Vénus,
Il le croit en son pot, et déjà lui fait fête.
Tandis qu'à le tuer mon Villageois s'apprête,
        La Fourmi le pique au talon.
        Le Vilain retourne la tête.
La Colombe entend, part, et tire de long.
Le soupé du Croquant avec elle s'envole :
        Point de Pigeon pour une obole.

Les Grenouilles qui demandent un roi — *48*

Les Grenouilles, se lassant
De l'état Démocratique,
Par leurs clameurs firent tant
Que Jupin les soumit au pouvoir Monarchique.
Il leur tomba du Ciel un Roi tout pacifique :
Ce Roi fit toutefois un tel bruit en tombant
Que la gent marécageuse,
Gent fort sotte et fort peureuse,
S'alla cacher sous les eaux,
Dans les joncs, dans les roseaux,
Dans les trous du marécage,
Sans oser de longtemps regarder au visage
Celui qu'elles croyaient être un géant nouveau ;
Or c'était un Soliveau,
De qui la gravité fit peur à la première
Qui, de le voir s'aventurant,
Osa bien quitter sa tanière.
Elle approcha, mais en tremblant.
Une autre la suivit, une autre en fit autant,
Il en vint une fourmilière ;
Et leur troupe à la fin se rendit familière
Jusqu'à sauter sur l'épaule du Roi.
Le bon Sire le souffre, et se tient toujours coi.
Jupin en a bientôt la cervelle rompue.
Donnez-nous, dit ce peuple, un Roi qui se remue.

Le Monarque des Dieux leur envoie une Grue,
Qui les croque, qui les tue,
Qui les gobe à son plaisir,
Et Grenouilles de se plaindre ;
Et Jupin de leur dire : Eh quoi ! votre désir
A ses lois croit-il nous astreindre ?
Vous avez dû premièrement
Garder votre Gouvernement ;
Mais, ne l'ayant pas fait, il vous devait suffire
Que votre premier roi fût débonnaire et doux :
De celui-ci contentez-vous,
De peur d'en rencontrer un pire.

Le Renard et le Bouc *50*

Capitaine Renard allait de compagnie
Avec son ami Bouc des plus haut encornés.
Celui-ci ne voyait pas plus loin que son nez ;
L'autre était passé maître en fait de tromperie.
La soif les obligea de descendre en un puits.
        Là chacun d'eux se désaltère.
Après qu'abondamment tous deux en eurent pris,
Le Renard dit au Bouc : Que ferons-nous, compère ?
Ce n'est pas tout de boire, il faut sortir d'ici.
Lève tes pieds en haut, et tes cornes aussi :
Mets-les contre le mur. Le long de ton échine
        Je grimperai premièrement ;
        Puis sur tes cornes m'élevant,
        A l'aide de cette machine,
        De ce lieu-ci je sortirai,
        Après quoi je t'en tirerai.
— Par ma barbe, dit l'autre, il est bon ; et je loue
        Les gens bien sensés comme toi.
        Je n'aurais jamais, quant à moi,
        Trouvé ce secret, je l'avoue.
Le Renard sort du puits, laisse son compagnon,
        Et vous lui fait un beau sermon
        Pour l'exhorter à patience.
Si le ciel t'eût, dit-il, donné par excellence
Autant de jugement que de barbe au menton,

Tu n'aurais pas, à la légère,
Descendu dans ce puits. Or, adieu, j'en suis hors.
Tâche de t'en tirer, et fais tous tes efforts :
Car pour moi, j'ai certaine affaire
Qui ne me permet pas d'arrêter en chemin.
En toute chose il faut considérer la fin.

Le Coq et le Renard — *52*

Sur la branche d'un arbre était en sentinelle
Un vieux Coq adroit et matois.
Frère, dit un Renard, adoucissant sa voix,
Nous ne sommes plus en querelle :
Paix générale cette fois.
Je viens te l'annoncer ; descends que je t'embrasse.
Ne me retarde point, de grâce :
Je dois faire aujourd'hui vingt postes sans manquer.
Les tiens et toi pouvez vaquer
Sans nulle crainte à vos affaires ;
Nous vous y servirons en frères.
Faites-en les feux dès ce soir.
Et cependant viens recevoir
Le baiser d'amour fraternelle.
— Ami, reprit le Coq, je ne pouvais jamais
Apprendre une plus douce et meilleure nouvelle
Que celle
De cette paix ;
Et ce m'est une double joie
De la tenir de toi. Je vois deux Lévriers
Qui, je m'assure, sont courriers
Que pour ce sujet on envoie.
Ils vont vite, et seront dans un moment à nous.
Je descends ; nous pourrons nous entre-baiser tous.
— Adieu, dit le Renard, ma traite est longue à faire :

Nous nous réjouirons du succès de l'affaire
Une autre fois. Le galand aussitôt
Tire ses grègues, gagne au haut,
Mal content de son stratagème ;
Et notre vieux Coq en soi-même
Se mit à rire de sa peur ;
Car c'est double plaisir de tromper le trompeur.

Le Loup devenu Berger *56*

Un Loup qui commençait d'avoir petite part
Aux Brebis de son voisinage,
Crut qu'il fallait s'aider de la peau du Renard
Et faire un nouveau personnage.
Il s'habille en Berger, endosse un hoqueton,
Fait sa houlette d'un bâton,
Sans oublier la Cornemuse.
Pour pousser jusqu'au bout la ruse,
Il aurait volontiers écrit sur son chapeau :
C'est moi qui suis Guillot, berger de ce troupeau.
Sa personne étant ainsi faite
Et ses pieds de devant posés sur sa houlette,
Guillot le sycophante approche doucement.
Guillot, le vrai Guillot étendu sur l'herbette,
Dormait alors profondément.
Son chien dormait aussi, comme aussi sa musette.
La plupart des Brebis dormaient pareillement.
L'hypocrite les laissa faire,
Et pour pouvoir mener vers son fort les Brebis,
Il voulut ajouter la parole aux habits,
Chose qu'il croyait nécessaire.
Mais cela gâta son affaire,
Il ne put du Pasteur contrefaire la voix.
Le ton dont il parla fit retentir les bois,
Et découvrit tout le mystère.

Chacun se réveille à ce son,
Les Brebis, le Chien, le Garçon.
Le pauvre Loup, dans cet esclandre,
Empêché par son hoqueton,
Ne put ni fuir ni se défendre.

Toujours par quelque endroit fourbes se laissent prendre.
Quiconque est Loup agisse en Loup :
C'est le plus certain de beaucoup.

Le Renard et les Raisins

58

Certain Renard Gascon, d'autres disent Normand,
Mourant presque de faim, vit au haut d'une treille
    Des Raisins mûrs apparemment
    Et couverts d'une peau vermeille.
Le galand en eût fait volontiers un repas ;
    Mais comme il n'y pouvait atteindre :
Ils sont trop verts, dit-il, et bons pour des goujats.
    Fit-il pas mieux que de se plaindre ?

Le Lion devenu vieux

Le Lion, terreur des forêts,
Chargé d'ans, et pleurant son antique prouesse,
Fut enfin attaqué par ses propres sujets,
        Devenus forts par sa faiblesse.
Le Cheval s'approchant lui donne un coup de pied,
Le Loup un coup de dent, le Bœuf un coup de corne.
Le malheureux Lion, languissant, triste, et morne,
Peut à peine rugir, par l'âge estropié.
Il attend son destin, sans faire aucunes plaintes,
Quand voyant l'Ane même à son antre accourir :
Ah ! c'est trop, lui dit-il : je voulais bien mourir ;
Mais c'est mourir deux fois que souffrir tes atteintes.

Le Loup et la Cigogne

60

Les Loups mangent gloutonnement.
Un Loup donc étant de frairie,
Se pressa, dit-on, tellement
Qu'il en pensa perdre la vie.
Un os lui demeura bien avant au gosier.
De bonheur pour ce Loup, qui ne pouvait crier,
Près de là passe une Cigogne.
Il lui fait signe, elle accourt.
Voilà l'Opératrice aussitôt en besogne.
Elle retira l'os ; puis pour un si bon tour
Elle demanda son salaire.
Votre salaire ? dit le Loup :
Vous riez, ma bonne commère.
Quoi ! ce n'est pas encor beaucoup
D'avoir de mon gosier retiré votre cou ?
Allez, vous êtes une ingrate :
Ne tombez jamais sous ma patte.

La Belette entrée dans un grenier 62

Damoiselle Belette, au corps long et floüet,
Entra dans un Grenier par un trou fort étroit :
Elle sortait de maladie.
Là, vivant à discrétion,
La galande fit chère lie,
Mangea, rongea : Dieu sait la vie,
Et le lard qui périt en cette occasion.
La voilà pour conclusion
Grasse, mafflue, et rebondie.
Au bout de la semaine, ayant dîné son soû,
Elle entend quelque bruit, veut sortir par le trou,
Ne peut plus repasser, et croit s'être méprise.
Après avoir fait quelques tours,
C'est, dit-elle, l'endroit : me voilà bien surprise ;
J'ai passé par ici depuis cinq ou six jours.
Un Rat qui la voyait en peine
Lui dit : Vous aviez lors la panse un peu moins pleine.
Vous êtes maigre entrée, il faut maigre sortir.
Ce que je vous dis là, l'on le dit à bien d'autres.
Mais ne confondons point, par trop approfondir,
Leurs affaires avec les vôtres.

Le Chameau, et les Bâtons flottants

Le premier qui vit un Chameau
S'enfuit à cet objet nouveau ;
Le second approcha ; le troisième osa faire
Un licou pour le Dromadaire.
L'accoutumance ainsi nous rend tout familier.
Ce qui nous paraissait terrible et singulier
S'apprivoise avec notre vue,
Quand ce vient à la continue.
Et puisque nous voici tombés sur ce sujet,
On avait mis des gens au guet,
Qui, voyant sur les eaux de loin certain objet,
Ne purent s'empêcher de dire
Que c'était un puissant navire.
Quelques moments après, l'objet devient brûlot,
Et puis nacelle, et puis ballot,
Enfin bâtons flottants sur l'onde.
J'en sais beaucoup de par le monde
A qui ceci conviendrait bien :
De loin c'est quelque chose, et de près ce n'est rien.

L'Ane et le petit Chien

64

Ne forçons point notre talent,
Nous ne ferions rien avec grâce :
Jamais un lourdaud, quoi qu'il fasse,
Ne saurait passer pour galant.
Peu de gens que le Ciel chérit et gratifie
Ont le don d'agréer infus avec la vie.
C'est un point qu'il leur faut laisser,
Et ne pas ressembler à l'Ane de la Fable,
Qui, pour se rendre plus aimable
Et plus cher à son Maître, alla le caresser.
Comment ! disait-il en son âme,
Ce Chien, parce qu'il est mignon,
Vivra de pair à compagnon
Avec Monsieur, avec Madame,
Et j'aurai des coups de bâton ?
Que fait-il ? Il donne la patte ;
Puis aussitôt il est baisé :
S'il en faut faire autant afin que l'on me flatte,
Cela n'est pas bien malaisé.
Dans cette admirable pensée,
Voyant son Maître en joie, il s'en vient lourdement,
Lève une corne tout usée,
La lui porte au menton fort amoureusement,
Non sans accompagner pour plus grand ornement
De son chant gracieux cette action hardie.

Oh ! oh ! quelle caresse, et quelle mélodie !
Dit le Maître aussitôt. Holà, Martin bâton !
Martin bâton accourt ; l'Ane change de ton.
Ainsi finit la Comédie.

Le Renard et le Buste

Les Grands, pour la plupart, sont masques de théâtre ;
Leur apparence impose au vulgaire idolâtre.
L'Ane n'en sait juger que par ce qu'il en voit.
Le Renard au contraire à fond les examine,
Les tourne de tout sens ; et quand il s'aperçoit
        Que leur fait n'est que bonne mine,
Il leur applique un mot qu'un Buste de Héros
        Lui fit dire fort à propos.
C'était un Buste creux, et plus grand que nature.
Le Renard en louant l'effort de la sculpture :
Belle tête, dit-il, mais de cervelle point.
Combien de grands Seigneurs sont Bustes en ce point ?

Le Lièvre et les Grenouilles 68

Un Lièvre en son gîte songeait
(Car que faire en un gîte, à moins que l'on ne songe ?) ;
Dans un profond ennui ce Lièvre se plongeait :
Cet animal est triste, et la crainte le ronge.
        Les gens de naturel peureux
        Sont, disait-il, bien malheureux ;
Ils ne sauraient manger morceau qui leur profite.
Jamais un plaisir pur, toujours assauts divers :
Voilà comme je vis : cette crainte maudite
M'empêche de dormir, sinon les yeux ouverts.
Corrigez-vous, dira quelque sage cervelle.
        Et la peur se corrige-t-elle ?
        Je crois même qu'en bonne foi
        Les hommes ont peur comme moi.
        Ainsi raisonnait notre Lièvre
        Et cependant faisait le guet.
        Il était douteux, inquiet :
Un souffle, une ombre, un rien, tout lui donnait la fièvre.
        Le mélancolique animal,
        En rêvant à cette matière,
Entend un léger bruit : ce lui fut un signal
        Pour s'enfuir devers sa tanière.
Il s'en alla passer sur le bord d'un Étang.
Grenouilles aussitôt de sauter dans les ondes,
Grenouilles de rentrer en leurs grottes profondes.

Oh ! dit-il, j'en fais faire autant
Qu'on m'en fait faire ! Ma présence
Effraie aussi les gens, je mets l'alarme au camp !
Et d'où me vient cette vaillance ?
Comment ! des animaux qui tremblent devant moi !
Je suis donc un foudre de guerre ?
Il n'est, je le vois bien, si poltron sur la terre
Qui ne puisse trouver un plus poltron que soi.

La Grenouille et le Rat

Tel, comme dit Merlin, cuide engeigner autrui,
Qui souvent s'engeigne soi-même.
J'ai regret que ce mot soit trop vieux aujourd'hui :
Il m'a toujours semblé d'une énergie extrême.
Mais afin d'en venir au dessein que j'ai pris,
Un rat plein d'embonpoint, gras, et des mieux nourris,
Et qui ne connaissait l'Avent ni le Carême,
Sur le bord d'un marais égayait ses esprits.
Une Grenouille approche, et lui dit en sa langue :
Venez me voir chez moi, je vous ferai festin.
        Messire Rat promit soudain :
Il n'était pas besoin de plus longue harangue.
Elle allégua pourtant les délices du bain,
La curiosité, le plaisir du voyage,
Cent raretés à voir le long du marécage :
Un jour il conterait à ses petits-enfants
Les beautés de ces lieux, les mœurs des habitants,
Et le gouvernement de la chose publique
        Aquatique.
Un point sans plus tenait le galand empêché :
Il nageait quelque peu ; mais il fallait de l'aide.
La Grenouille à cela trouve un très bon remède :
Le Rat fut à son pied par la patte attaché ;
        Un brinc de jonc en fit l'affaire.
Dans le marais entrés, notre bonne commère

S'efforce de tirer son hôte au fond de l'eau,
Contre le droit des gens, contre la foi jurée ;
Prétend qu'elle en fera gorge-chaude et curée ;
(C'était, à son avis, un excellent morceau).
Déjà dans son esprit la galande le croque.
Il atteste les Dieux ; la perfide s'en moque.
Il résiste ; elle tire. En ce combat nouveau,
Un Milan qui dans l'air planait, faisait la ronde,
Voit d'en haut le pauvret se débattant sur l'onde.
Il fond dessus, l'enlève, et, par même moyen
La Grenouille et le lien.
Tout en fut ; tant et si bien,
Que de cette double proie
L'oiseau se donne au cœur joie,
Ayant de cette façon
A souper chair et poisson.

La ruse la mieux ourdie
Peut nuire à son inventeur ;
Et souvent la perfidie
Retourne sur son auteur.

Le Loup, la Chèvre, et le Chevreau

La Bique allant remplir sa traînante mamelle
Et paître l'herbe nouvelle,
Ferma sa porte au loquet,
Non sans dire à son Biquet :
Gardez-vous sur votre vie
D'ouvrir, que l'on ne vous die
Pour enseigne et mot du guet :
Foin du Loup et de sa race !
Comme elle disait ces mots,
Le Loup de fortune passe ;
Il les recueille à propos,
Et les garde en sa mémoire.
La Bique, comme on peut croire,
N'avait pas vu le glouton.
Dès qu'il la voit partie, il contrefait son ton,
Et d'une voix papelarde
Il demande qu'on ouvre, en disant : Foin du Loup.
Et croyant entrer tout d'un coup.
Le Biquet soupçonneux par la fente regarde.
Montrez-moi patte blanche, ou je n'ouvrirai point,
S'écria-t-il d'abord. (Patte blanche est un point
Chez les Loups, comme on sait, rarement en usage.)
Celui-ci, fort surpris d'entendre ce langage,
Comme il était venu s'en retourna chez soi.

Où serait le Biquet s'il eût ajouté foi
Au mot du guet, que de fortune
Notre Loup avait entendu ?
Deux sûretés valent mieux qu'une,
Et le trop en cela ne fut jamais perdu.

Le Loup, la Mère et l'Enfant

Ce Loup me remet en mémoire
Un de ses compagnons qui fut encor mieux pris.
Il y périt ; voici l'histoire.
Un Villageois avait à l'écart son logis.
Messer Loup attendait chape-chute à la porte.
Il avait vu sortir gibier de toute sorte :
Veaux de lait, Agneaux et Brebis,
Régiments de Dindons, enfin bonne Provende.
Le larron commençait pourtant à s'ennuyer.
Il entend un enfant crier.
La mère aussitôt le gourmande,
Le menace, s'il ne se tait,
De le donner au Loup. L'Animal se tient prêt,
Remerciant les Dieux d'une telle aventure,
Quand la Mère, apaisant sa chère géniture,
Lui dit : Ne criez point ; s'il vient, nous le tuerons.
— Qu'est ceci ? s'écria le mangeur de Moutons.
Dire d'un, puis d'un autre ? Est-ce ainsi que l'on traite
Les gens faits comme moi ? Me prend-on pour un sot ?
Que quelque jour ce beau marmot
Vienne au bois cueillir la noisette !
Comme il disait ces mots, on sort de la maison :
Un chien de cour l'arrête. Épieux et fourches-fières
L'ajustent de toutes manières.

Que veniez-vous chercher en ce lieu ? lui dit-on.
Aussitôt il conta l'affaire.
Merci de moi, lui dit la Mère,
Tu mangeras mon Fils ? L'ai-je fait à dessein
Qu'il assouvisse un jour ta faim ?
On assomma la pauvre bête.
Un manant lui coupa le pied droit et la tête :
Le Seigneur du Village à sa porte les mit,
Et ce dicton picard à l'entour fut écrit :
Biaux chires Leups, n'écoutez mie
Mère tenchent chen fieux qui crie.

Le Cheval s'étant voulu venger du Cerf

De tout temps les Chevaux ne sont nés pour les hommes.
Lorsque le genre humain de gland se contentait,
Ane, Cheval, et Mule, aux forêts habitait ;
Et l'on ne voyait point, comme au siècle où nous sommes,
        Tant de selles et tant de bâts,
        Tant de harnois pour les combats,
        Tant de chaises, tant de carrosses,
        Comme aussi ne voyait-on pas
        Tant de festins et tant de noces.
Or un Cheval eut alors différend
        Avec un Cerf plein de vitesse,
Et ne pouvant l'attraper en courant,
Il eut recours à l'Homme, implora son adresse.
L'Homme lui mit un frein, lui sauta sur le dos,
        Ne lui donna point de repos
Que le Cerf ne fût pris, et n'y laissât la vie ;
Et cela fait, le Cheval remercie
L'Homme son bienfaiteur, disant : Je suis à vous ;
Adieu. Je m'en retourne en mon séjour sauvage.
— Non pas cela, dit l'Homme ; il fait meilleur chez nous :
        Je vois trop quel est votre usage.
Demeurez donc ; vous serez bien traité ,
        Et jusqu'au ventre en la litière.

        Hélas ! que sert la bonne chère

Quand on n'a pas la liberté ?
Le Cheval s'aperçut qu'il avait fait folie ;
Mais il n'était plus temps : déjà son écurie
Était prête et toute bâtie.
Il y mourut en traînant son lien.
Sage s'il eût remis une légère offense.
Quel que soit le plaisir que cause la vengeance,
C'est l'acheter trop cher, que l'acheter d'un bien
Sans qui les autres ne sont rien.

L'Alouette et ses Petits, avec le Maître d'un champ

Ne t'attends qu'à toi seul, c'est un commun Proverbe.
Voici comme Ésope le mit
En crédit.
Les Alouettes font leur nid
Dans les blés, quand ils sont en herbe,
C'est-à-dire environ le temps
Que tout aime, et que tout pullule dans le monde :
Monstres marins au fond de l'onde,
Tigres dans les Forêts, Alouettes aux champs.
Une pourtant de ces dernières
Avait laissé passer la moitié d'un Printemps
Sans goûter le plaisir des amours printanières.
A toute force enfin elle se résolut
D'imiter la Nature, et d'être mère encore.
Elle bâtit un nid, pond, couve, et fait éclore
A la hâte ; le tout alla du mieux qu'il put.
Les blés d'alentour mûrs avant que la nitée
Se trouvât assez forte encor
Pour voler et prendre l'essor,
De mille soins divers l'Alouette agitée
S'en va chercher pâture, avertit ses enfants
D'être toujours au guet et faire sentinelle.
Si le possesseur de ces champs
Vient avecque son fils (comme il viendra), dit-elle,
Écoutez bien : selon ce qu'il dira,

Chacun de nous décampera.
Sitôt que l'Alouette eut quitté sa famille,
Le possesseur du champ vient avecque son fils.
Ces blés sont mûrs, dit-il : allez chez nos amis
Les prier que chacun, apportant sa faucille,
Nous vienne aider demain dès la pointe du jour.
Notre Alouette de retour
Trouve en alarme sa couvée.
L'un commence : Il a dit que l'Aurore levée,
L'on fît venir demain ses amis pour l'aider...
— S'il n'a dit que cela, repartit l'Alouette,
Rien ne nous presse encor de changer de retraite ;
Mais c'est demain qu'il faut tout de bon écouter.
Cependant soyez gais ; voilà de quoi manger.
Eux repus, tout s'endort, les petits et la mère.
L'aube du jour arrive ; et d'amis point du tout.
L'Alouette à l'essor, le Maître s'en vient faire
Sa ronde ainsi qu'à l'ordinaire.
Ces blés ne devraient pas, dit-il, être debout.
Nos amis ont grand tort, et tort qui se repose
Sur de tels paresseux à servir ainsi lents.
Mon fils, allez chez nos parents
Les prier de la même chose.
L'épouvante est au nid plus forte que jamais.
Il a dit ses parents, mère, c'est à cette heure...

— Non, mes enfants, dormez en paix;
Ne bougeons de notre demeure.
L'Alouette eut raison, car personne ne vint.
Pour la troisième fois le Maître se souvint
De visiter ses blés. Notre erreur est extrême,
Dit-il, de nous attendre à d'autres gens que nous.
Il n'est meilleur ami ni parent que soi-même.
Retenez bien cela, mon fils ; et savez-vous
Ce qu'il faut faire ? Il faut qu'avec notre famille
Nous prenions dès demain chacun une faucille :
C'est là notre plus court, et nous achèverons
Notre moisson quand nous pourrons.
Dès lors que ce dessein fut su de l'Alouette :
C'est ce coup qu'il est bon de partir, mes enfants.
Et les petits, en même temps,
Voletants, se culebutants,
Délogèrent tous sans trompette.

Le Geai paré des plumes du Paon

84

Un Paon muait : un Geai prit son plumage ;
Puis après se l'accommoda ;
Puis parmi d'autres Paons tout fier se panada,
Croyant être un beau personnage.
Quelqu'un le reconnut : il se vit bafoué,
Berné, sifflé, moqué, joué,
Et par Messieurs les Paons plumé d'étrange sorte ;
Même vers ses pareils s'étant réfugié,
Il fut par eux mis à la porte.
Il est assez de geais à deux pieds comme lui,
Qui se parent souvent des dépouilles d'autrui,
Et que l'on nomme plagiaires.
Je m'en tais ; et ne veux leur causer nul ennui :
Ce ne sont pas là mes affaires.

L'Avare qui a perdu son trésor 86

L'usage seulement fait la possession.
Je demande à ces gens de qui la passion
Est d'entasser toujours, mettre somme sur somme,
Quel avantage ils ont que n'ait pas un autre homme.
Diogène là-bas est aussi riche qu'eux,
Et l'avare ici-haut comme lui vit en gueux.
L'homme au trésor caché qu'Ésope nous propose,
Servira d'exemple à la chose.
Ce malheureux attendait
Pour jouir de son bien une seconde vie ;
Ne possédait pas l'or, mais l'or le possédait.
Il avait dans la terre une somme enfouie,
Son cœur avec, n'ayant autre déduit
Que d'y ruminer jour et nuit,
Et rendre sa chevance à lui-même sacrée.
Qu'il allât ou qu'il vînt, qu'il bût ou qu'il mangeât,
On l'eût pris de bien court, à moins qu'il ne songeât
A l'endroit où gisait cette somme enterrée.
Il y fit tant de tours qu'un Fossoyeur le vit,
Se douta du dépôt, l'enleva sans rien dire.
Notre Avare un beau jour ne trouva que le nid.
Voilà mon homme aux pleurs ; il gémit, il soupire.
Il se tourmente, il se déchire.
Un passant lui demande à quel sujet ses cris.
C'est mon trésor que l'on m'a pris.

— Votre trésor ? où pris ? — Tout joignant cette pierre.
— Eh ! sommes-nous en temps de guerre,
Pour l'apporter si loin ? N'eussiez-vous pas mieux fait
De le laisser chez vous en votre cabinet,
Que de le changer de demeure ?
Vous auriez pu sans peine y puiser à toute heure.
— A toute heure ? bons dieux ! ne tient-il qu'à cela ?
L'argent vient-il comme il s'en va?
Je n'y touchais jamais. — Dites-moi donc, de grâce,
Reprit l'autre, pourquoi vous vous affligez tant,
Puisque vous ne touchiez jamais à cet argent :
Mettez une pierre à la place,
Elle vous vaudra tout autant.

Le Meunier,
son Fils, et l'Ane

L'invention des Arts étant un droit d'aînesse,
Nous devons l'Apologue à l'ancienne Grèce.
Mais ce champ ne se peut tellement moissonner
Que les derniers venus n'y trouvent à glaner.
La feinte est un pays plein de terres désertes.
Tous les jours nos Auteurs y font des découvertes.
Je t'en veux dire un trait assez bien inventé ;
Autrefois à Racan Malherbe l'a conté.
Ces deux rivaux d'Horace, héritiers de sa Lyre,
Disciples d'Apollon, nos Maîtres, pour mieux dire,
Se rencontrant un jour tout seuls et sans témoins
(Comme ils se confiaient leurs pensers et leurs soins),
Racan commence ainsi : Dites-moi, je vous prie,
Vous qui devez savoir les choses de la vie,
Qui par tous ses degrés avez déjà passé,
Et que rien ne doit fuir en cet âge avancé,
A quoi me résoudrai-je ? Il est temps que j'y pense.
Vous connaissez mon bien, mon talent, ma naissance.
Dois-je dans la Province établir mon séjour,
Prendre emploi dans l'Armée, ou bien charge à la Cour ?
Tout au monde est mêlé d'amertume et de charmes.
La guerre a ses douceurs, l'Hymen a ses alarmes.
Si je suivais mon goût, je saurais où buter ;
Mais j'ai les miens, la cour, le peuple à contenter.
Malherbe là-dessus : Contenter tout le monde !

Écoutez ce récit avant que je réponde.

J'ai lu dans quelque endroit qu'un Meunier et son fils,
L'un vieillard, l'autre enfant, non pas des plus petits,
Mais garçon de quinze ans, si j'ai bonne mémoire,
Allaient vendre leur Ane, un certain jour de foire.
Afin qu'il fût plus frais et de meilleur débit,
On lui lia les pieds, on vous le suspendit ;
Puis cet homme et son fils le portent comme un lustre :
Pauvres gens, idiots, couple ignorant et rustre.
Le premier qui les vit de rire s'éclata.
Quelle farce, dit-il, vont jouer ces gens-là ?
Le plus âne des trois n'est pas celui qu'on pense.
Le Meunier à ces mots connaît son ignorance ;
Il met sur pieds sa bête, et la fait détaler.
L'Ane, qui goûtait fort l'autre façon d'aller,
Se plaint en son patois. Le Meunier n'en a cure.
Il fait monter son fils, il suit, et d'aventure
Passent trois bons Marchands. Cet objet leur déplut.
Le plus vieux au garçon s'écria tant qu'il put :
Oh là ! oh ! descendez, que l'on ne vous le dise,
Jeune homme, qui menez Laquais à barbe grise.
C'était à vous de suivre, au vieillard de monter.
— Messieurs, dit le Meunier, il vous faut contenter.
L'enfant met pied à terre, et puis le vieillard monte,

Quand, trois filles passant, l'une dit : C'est grand'honte
Qu'il faille voir ainsi clocher ce jeune fils,
Tandis que ce nigaud, comme un Évêque assis,
Fait le veau sur son Ane, et pense être bien sage.
— Il n'est, dit le Meunier, plus de Veaux à mon âge :
Passez votre chemin, la fille, et m'en croyez.
Après maints quolibets coup sur coup renvoyés,
L'homme crut avoir tort, et mit son fils en croupe.
Au bout de trente pas, une troisième troupe
Trouve encore à gloser. L'un dit : Ces gens sont fous,
Le Baudet n'en peut plus ; il mourra sous leurs coups.
Hé quoi ! charger ainsi cette pauvre bourrique !
N'ont-ils point de pitié de leur vieux domestique ?
Sans doute qu'à la Foire ils vont vendre sa peau.
— Parbieu, dit le Meunier, est bien fou du cerveau
Qui prétend contenter tout le monde et son père.
Essayons toutefois, si par quelque manière
Nous en viendrons à bout. Ils descendent tous deux.
L'Ane, se prélassant, marche seul devant eux.
Un quidam les rencontre, et dit : Est-ce la mode
Que Baudet aille à l'aise, et Meunier s'incommode ?
Qui de l'âne ou du maître est fait pour se lasser ?
Je conseille à ces gens de le faire enchâsser.
Ils usent leurs souliers, et conservent leur Ane :
Nicolas au rebours, car, quand il va voir Jeanne,

Il monte sur sa bête ; et la chanson le dit.
Beau trio de Baudets ! Le Meunier repartit :
Je suis Ane, il est vrai, j'en conviens, je l'avoue ;
Mais que dorénavant on me blâme, on me loue ;
Qu'on dise quelque chose, ou qu'on ne dise rien ;
J'en veux faire à ma tête. Il le fit, et fit bien.

Quant à vous, suivez Mars, ou l'Amour, ou le Prince ;
Allez, venez, courez, demeurez en Province ;
Prenez femme, Abbaye, Emploi, Gouvernement :
Les gens en parleront, n'en doutez nullement.

Le petit Poisson et le Pêcheur

Petit poisson deviendra grand,
Pourvu que Dieu lui prête vie.
Mais le lâcher en attendant,
Je tiens pour moi que c'est folie ;
Car de le rattraper il n'est pas trop certain.
Un Carpeau qui n'était encore que fretin
Fut pris par un Pêcheur au bord d'une rivière.
Tout fait nombre, dit l'homme, en voyant son butin ;
Voilà commencement de chère et de festin :
Mettons-le en notre gibecière.
Le pauvre Carpillon lui dit en sa manière :
Que ferez-vous de moi ? je ne saurais fournir
Au plus qu'une demi-bouchée ;
Laissez-moi Carpe devenir :
Je serai par vous repêchée.
Quelque gros Partisan m'achètera bien cher,
Au lieu qu'il vous en faut chercher
Peut-être encor cent de ma taille
Pour faire un plat. Quel plat ? croyez-moi ; rien qui vaille.
— Rien qui vaille ? Eh bien soit, repartit le Pêcheur ;
Poisson, mon bel ami, qui faites le Prêcheur,
Vous irez dans la poêle ; et vous avez beau dire,
Dès ce soir on vous fera frire.

Un tien vaut, ce dit-on, mieux que deux tu l'auras :
L'un est sûr, l'autre ne l'est pas.

Le Pot de terre et le Pot de fer

Le Pot de fer proposa
Au Pot de terre un voyage.
Celui-ci s'en excusa,
Disant qu'il ferait que sage
De garder le coin du feu :
Car il lui fallait si peu,
Si peu, que la moindre chose
De son débris serait cause.
Il n'en reviendrait morceau.
Pour vous, dit-il, dont la peau
Est plus dure que la mienne,
Je ne vois rien qui vous tienne.
— Nous vous mettrons à couvert,
Repartit le Pot de fer.
Si quelque matière dure
Vous menace d'aventure,
Entre deux je passerai,
Et du coup vous sauverai.
Cette offre le persuade.
Pot de fer son camarade
Se met droit à ses côtés.
Mes gens s'en vont à trois pieds,
Clopin-clopant comme ils peuvent,
L'un contre l'autre jetés
Au moindre hoquet qu'ils treuvent.

Le Pot de terre en souffre : il n'eut pas fait cent pas
Que par son compagnon il fut mis en éclats,
        Sans qu'il eût lieu de se plaindre.
Ne nous associons qu'avecque nos égaux,
        Ou bien il nous faudra craindre
        Le destin d'un de ces Pots.

Le Renard ayant la queue coupée

98

Un vieux Renard, mais des plus fins,
Grand croqueur de Poulets, grand preneur de Lapins,
Sentant son Renard d'une lieue,
Fut enfin au piège attrapé.
Par grand hasard en étant échappé,
Non pas franc, car pour gage il y laissa sa queue ;
S'étant, dis-je, sauvé sans queue, et tout honteux,
Pour avoir des pareils (comme il était habile),
Un jour que les Renards tenaient conseil entre eux :
Que faisons-nous, dit-il, de ce poids inutile,
Et qui va balayant tous les sentiers fangeux ?
Que nous sert cette queue ? Il faut qu'on se la coupe :
Si l'on me croit, chacun s'y résoudra.
— Votre avis est fort bon, dit quelqu'un de la troupe ;
Mais tournez-vous, de grâce, et l'on vous répondra.
A ces mots, il se fit une telle huée,
Que le pauvre écourté ne put être entendu.
Prétendre ôter la queue eût été temps perdu ;
La mode en fut continuée.

Le Laboureur et ses Enfants

Travaillez, prenez de la peine :
C'est le fonds qui manque le moins.
Un riche Laboureur, sentant sa mort prochaine,
Fit venir ses enfants, leur parla sans témoins.
Gardez-vous, leur dit-il, de vendre l'héritage
Que nous ont laissé nos parents.
Un trésor est caché dedans.
Je ne sais pas l'endroit ; mais un peu de courage
Vous le fera trouver, vous en viendrez à bout.
Remuez votre champ dès qu'on aura fait l'Oût.
Creusez, fouillez, bêchez ; ne laissez nulle place
Où la main ne passe et repasse.
Le père mort, les fils vous retournent le champ,
Deçà, delà, partout ; si bien qu'au bout de l'an
Il en rapporta davantage.
D'argent, point de caché. Mais le père fut sage
De leur montrer avant sa mort
Que le travail est un trésor.

La Poule aux Œufs d'or 100

L'avarice perd tout en voulant tout gagner.
Je ne veux, pour le témoigner,
Que celui dont la Poule, à ce que dit la Fable,
Pondait tous les jours un Œuf d'or.
Il crut que dans son corps elle avait un trésor :
Il la tua, l'ouvrit, et la trouva semblable
A celles dont les œufs ne lui rapportaient rien,
S'étant lui-même ôté le plus beau de son bien.

Belle leçon pour les gens chiches !
Pendant ces derniers temps, combien en a-t-on vus
Qui du soir au matin sont pauvres devenus,
Pour vouloir trop tôt être riches !

Le Cerf et la Vigne 102

Un Cerf, à la faveur d'une Vigne fort haute
Et telle qu'on en voit en de certains climats,
S'étant mis à couvert et sauvé du trépas,
Les Veneurs pour ce coup croyaient leurs chiens en faute.
Ils les rappellent donc. Le Cerf hors de danger
Broute sa bienfaitrice, ingratitude extrême !
On l'entend, on retourne, on le fait déloger ;
Il vient mourir en ce lieu même.
J'ai mérité, dit-il, ce juste châtiment :
Profitez-en, ingrats. Il tombe en ce moment.
La Meute en fait curée. Il lui fut inutile
De pleurer aux Veneurs à sa mort arrivés.
Vraie image de ceux qui profanent l'asile
Qui les a conservés.

Le Serpent et la Lime

On conte qu'un serpent voisin d'un Horloger
(C'était pour l'Horloger un mauvais voisinage),
Entra dans sa boutique, et cherchant à manger
N'y rencontra pour tout potage
Qu'une Lime d'acier qu'il se mit à ronger.
Cette Lime lui dit, sans se mettre en colère :
Pauvre ignorant ! et que prétends-tu faire ?
Tu te prends à plus dur que toi.
Petit Serpent à tête folle,
Plutôt que d'emporter de moi
Seulement le quart d'une obole,
Tu te romprais toutes les dents.
Je ne crains que celles du temps.

Ceci s'adresse à vous, esprits du dernier ordre,
Qui n'étant bons à rien cherchez surtout à mordre.
Vous vous tourmentez vainement.
Croyez-vous que vos dents impriment leurs outrages
Sur tant de beaux ouvrages ?
Ils sont pour vous d'airain, d'acier, de diamant.

Le Lièvre et la Perdrix

104

Il ne se faut jamais moquer des misérables :
Car qui peut s'assurer d'être toujours heureux ?
Le sage Ésope dans ses Fables
Nous en donne un exemple ou deux.
Celui qu'en ces Vers je propose,
Et les siens, ce sont même chose.
Le Lièvre et la Perdrix, concitoyens d'un champ,
Vivaient dans un état, ce semble, assez tranquille,
Quand une Meute s'approchant
Oblige le premier à chercher un asile.
Il s'enfuit dans son fort, met les chiens en défaut,
Sans même en excepter Briffaut.
Enfin il se trahit lui-même
Par les esprits sortants de son corps échauffé.
Miraut, sur leur odeur ayant philosophé,
Conclut que c'est son Lièvre, et d'une ardeur extrême
Il le pousse, et Rustaut, qui n'a jamais menti,
Dit que le Lièvre est reparti.
Le pauvre malheureux vient mourir à son gîte.
La Perdrix le raille, et lui dit :

Tu te vantais d'être si vite :
Qu'as-tu fait de tes pieds ? Au moment qu'elle rit,
Son tour vient ; on la trouve. Elle croit que ses ailes
La sauront garantir à toute extrémité ;
Mais la pauvrette avait compté
Sans l'Autour aux serres cruelles.

Le Cerf se voyant dans l'eau — *106*

Dans le cristal d'une fontaine
Un Cerf se mirant autrefois
Louait la beauté de son bois,
Et ne pouvait qu'avecque peine
Souffrir ses jambes de fuseaux,
Dont il voyait l'objet se perdre dans les eaux.
Quelle proportion de mes pieds à ma tête !
Disait-il en voyant leur ombre avec douleur :
Des taillis les plus hauts mon front atteint le faîte ;
Mes pieds ne me font point d'honneur.
Tout en parlant de la sorte,
Un Limier le fait partir ;
Il tâche à se garantir ;
Dans les forêts il s'emporte.
Son bois, dommageable ornement,
L'arrêtant à chaque moment,
Nuit à l'office que lui rendent
Ses pieds, de qui ses jours dépendent.
Il se dédit alors, et maudit les présents
Que le Ciel lui fait tous les ans.

Nous faisons cas du beau, nous méprisons l'utile ;
Et le beau souvent nous détruit.
Ce Cerf blâme ses pieds qui le rendent agile ;
Il estime un bois qui lui nuit.

L'Ours et les deux Compagnons

Deux compagnons pressés d'argent
A leur voisin Fourreur vendirent
La peau d'un Ours encor vivant,
Mais qu'ils tueraient bientôt, du moins à ce qu'ils dirent.
C'était le Roi des Ours au compte de ces gens.
Le Marchand à sa peau devait faire fortune.
Elle garantirait des froids les plus cuisants,
On en pourrait fourrer plutôt deux robes qu'une.
Dindenaut prisait moins ses Moutons qu'eux leur Ours :
Leur, à leur compte, et non à celui de la Bête.
S'offrant de la livrer au plus tard dans deux jours,
Ils conviennent de prix, et se mettent en quête,
Trouvent l'Ours qui s'avance, et vient vers eux au trot.
Voilà mes gens frappés comme d'un coup de foudre.
Le marché ne tint pas ; il fallut le résoudre :
D'intérêts contre l'Ours, on n'en dit pas un mot.
L'un des deux Compagnons grimpe au faîte d'un arbre ;
L'autre, plus froid que n'est un marbre,
Se couche sur le nez, fait le mort, tient son vent,
Ayant quelque part ouï dire
Que l'Ours s'acharne peu souvent
Sur un corps qui ne vit, ne meut, ni ne respire.
Seigneur Ours, comme un sot, donna dans ce panneau.
Il voit ce corps gisant, le croit privé de vie,
Et de peur de supercherie

Le tourne, le retourne, approche son museau,
Flaire aux passages de l'haleine.
C'est, dit-il, un cadavre ; Otons-nous, car il sent.
A ces mots, l'Ours s'en va dans la forêt prochaine.
L'un de nos deux Marchands de son arbre descend,
Court à son compagnon, lui dit que c'est merveille
Qu'il n'ait eu seulement que la peur pour tout mal.
Eh bien, ajouta-t-il, la peau de l'animal ?
Mais que t'a-t-il dit à l'oreille ?
Car il s'approchait de bien près,
Te retournant avec sa serre.
— Il m'a dit qu'il ne faut jamais
Vendre la peau de l'Ours qu'on ne l'ait mis par terre.

L'Ane vêtu de la peau du Lion

De la peau du Lion l'Ane s'étant vêtu
Était craint partout à la ronde,
Et bien qu'animal sans vertu,
Il faisait trembler tout le monde.
Un petit bout d'oreille échappé par malheur
Découvrit la fourbe et l'erreur.
Martin fit alors son office.
Ceux qui ne savaient pas la ruse et la malice
S'étonnaient de voir que Martin
Chassât les Lions au moulin.

Force gens font du bruit en France
Par qui cet Apologue est rendu familier.
Un équipage cavalier
Fait les trois quarts de leur vaillance.

Le Cochet, le Chat, et le Souriceau 112

Un Souriceau tout jeune, et qui n'avait rien vu,
Fut presque pris au dépourvu.
Voici comme il conta l'aventure à sa mère :
J'avais franchi les Monts qui bornent cet État,
Et trottais comme un jeune Rat
Qui cherche à se donner carrière,
Lorsque deux animaux m'ont arrêté les yeux :
L'un doux, bénin et gracieux,
Et l'autre turbulent, et plein d'inquiétude.
Il a la voix perçante et rude,
Sur la tête un morceau de chair,
Une sorte de bras dont il s'élève en l'air
Comme pour prendre sa volée,
La queue en panache étalée.
Or c'était un Cochet dont notre Souriceau
Fit à sa mère le tableau,
Comme d'un animal venu de l'Amérique.
Il se battait, dit-il, les flancs avec ses bras,
Faisant tel bruit et tel fracas,
Que moi, qui grâce aux dieux, de courage me pique,
En ai pris la fuite de peur,
Le maudissant de très bon cœur.
Sans lui j'aurais fait connaissance
Avec cet animal qui m'a semblé si doux.

Il est velouté comme nous,
Marqueté, longue queue, une humble contenance ;
Un modeste regard, et pourtant l'œil luisant :
Je le crois fort sympathisant
Avec Messieurs les Rats ; car il a des oreilles
En figure aux nôtres pareilles.
Je l'allais aborder, quand d'un son plein d'éclat
L'autre m'a fait prendre la fuite.
— Mon fils, dit la Souris, ce doucet est un Chat,
Qui sous son minois hypocrite
Contre toute ta parenté
D'un malin vouloir est porté.
L'autre animal tout au contraire
Bien éloigné de nous mal faire,
Servira quelque jour peut-être à nos repas.
Quant au Chat, c'est sur nous qu'il fonde sa cuisine.
Garde-toi, tant que tu vivras,
De juger des gens sur la mine.

Le Chien qui lâche sa proie pour l'ombre 114

Chacun se trompe ici-bas.
On voit courir après l'ombre
Tant de fous, qu'on n'en sait pas
La plupart du temps le nombre.

Au Chien dont parle Ésope il faut les renvoyer.
Ce Chien, voyant sa proie en l'eau représentée,
La quitta pour l'image, et pensa se noyer ;
La rivière devint tout d'un coup agitée.
A toute peine il regagna les bords,
Et n'eut ni l'ombre ni le corps.

Le Mulet se vantant de sa généalogie — *116*

Le Mulet d'un prélat se piquait de noblesse,
Et ne parlait incessamment
Que de sa mère la Jument,
Dont il contait mainte prouesse :
Elle avait fait ceci, puis avait été là.
Son fils prétendait, pour cela,
Qu'on le dût mettre dans l'Histoire.
Il eût cru s'abaisser servant un Médecin.
Étant devenu vieux, on le mit au moulin.
Son père l'Ane alors lui revint en mémoire.

Quand le malheur ne serait bon
Qu'à mettre un sot à la raison,
Toujours serait-ce à juste cause
Qu'on le dit bon à quelque chose.

Le Rat
qui s'est retiré du monde

Les Levantins en leur légende
Disent qu'un certain Rat, las des soins d'ici-bas,
Dans un fromage de Hollande
Se retira loin du tracas.
La solitude était profonde,
S'étendant partout à la ronde.
Notre ermite nouveau subsistait là-dedans.
Il fit tant, de pieds et de dents,
Qu'en peu de jours il eut au fond de l'ermitage
Le vivre et le couvert : que faut-il davantage ?
Il devint gros et gras ; Dieu prodigue ses biens
A ceux qui font vœu d'être siens.
Un jour, au dévot personnage
Des députés du peuple Rat
S'en vinrent demander quelque aumône légère :
Ils allaient en terre étrangère
Chercher quelque secours contre le peuple chat ;
Ratopolis était bloquée :
On les avait contraints de partir sans argent,
Attendu l'état indigent
De la République attaquée.
Ils demandaient fort peu, certains que le secours
Serait prêt dans quatre ou cinq jours.
Mes amis, dit le Solitaire,
Les choses d'ici-bas ne me regardent plus :

En quoi peut un pauvre Reclus
Vous assister ? que peut-il faire,
Que de prier le Ciel qu'il vous aide en ceci ?
J'espère qu'il aura de vous quelque souci.
Ayant parlé de cette sorte,
Le nouveau Saint ferma sa porte.
Qui désignai-je, à votre avis,
Par ce Rat si peu secourable ?
Un Moine ? Non, mais un Dervis :
Je suppose qu'un Moine est toujours charitable.

Le Villageois et le Serpent

Ésope conte qu'un Manant,
Charitable autant que peu sage,
Un jour d'Hiver se promenant
A l'entour de son héritage,
Aperçut un Serpent sur la neige étendu,
Transi, gelé, perclus, immobile rendu,
N'ayant pas à vivre un quart d'heure.
Le Villageois le prend, l'emporte en sa demeure,
Et sans considérer quel sera le loyer
D'une action de ce mérite,
Il l'étend le long du foyer,
Le réchauffe, le ressuscite.
L'Animal engourdi sent à peine le chaud,
Que l'âme lui revient avecque la colère.
Il lève un peu la tête, et puis siffle aussitôt,
Puis fait un long repli, puis tâche à faire un saut
Contre son bienfaiteur, son sauveur et son père.
Ingrat, dit le Manant, voilà donc mon salaire ?
Tu mourras. A ces mots, plein d'un juste courroux,
Il vous prend sa cognée, il vous tranche la Bête,
Il fait trois Serpents de deux coups :
Un tronçon, la queue, et la tête.
L'insecte sautillant cherche à se réunir,
Mais il ne put y parvenir.

Il est bon d'être charitable ;
Mais envers qui ? c'est là le point.
Quant aux ingrats, il n'en est point
Qui ne meure enfin misérable.

Le Cheval et l'Ane

En ce monde il se faut l'un l'autre secourir.
Si ton voisin vient à mourir,
C'est sur toi que le fardeau tombe.

Un Ane accompagnait un Cheval peu courtois,
Celui-ci ne portant que son simple harnois,
Et le pauvre Baudet si chargé qu'il succombe.
Il pria le Cheval de l'aider quelque peu :
Autrement il mourrait devant qu'être à la ville.
La prière, dit-il, n'en est pas incivile :
Moitié de ce fardeau ne vous sera que jeu.
Le Cheval refusa, fit une pétarade :
Tant qu'il vit sous le faix mourir son camarade,
Et reconnut qu'il avait tort.
Du Baudet, en cette aventure,
On lui fit porter la voiture,
Et la peau par-dessus encor.

Le Phaéton d'une voiture à foin
Vit son char embourbé. Le pauvre homme était loin
De tout humain secours. C'était à la campagne,
Près d'un certain canton de la basse Bretagne
Appelé Quimper-Corentin.
On sait assez que le destin
Adresse là les gens quand il veut qu'on enrage.
Dieu nous préserve du voyage !
Pour venir au Chartier embourbé dans ces lieux,
Le voilà qui déteste et jure de son mieux,
Pestant, en sa fureur extrême,
Tantôt contre les trous, puis contre ses chevaux,
Contre son char, contre lui-même.
Il invoque à la fin le dieu dont les travaux
Sont si célèbres dans le monde :
Hercule, lui dit-il, aide-moi ; si ton dos
A porté la machine ronde,
Ton bras peut me tirer d'ici.
Sa prière étant faite, il entend dans la nue
Une voix qui lui parle ainsi :
Hercule veut qu'on se remue,
Puis il aide les gens. Regarde d'où provient
L'achoppement qui te retient.

Ote d'autour de chaque roue
Ce malheureux mortier, cette maudite boue,
Qui jusqu'à l'essieu les enduit.
Prends ton pic, et me romps ce caillou qui te nuit.
Comble-moi cette ornière. As-tu fait ? — Oui, dit l'homme.
— Or bien je vas t'aider, dit la voix : prends ton fouet.
— Je l'ai pris. Qu'est ceci ? mon char marche à souhait.
Hercule en soit loué. Lors la voix : Tu vois comme
Tes chevaux aisément se sont tirés de là.
Aide-toi, le Ciel t'aidera.

Le Lion malade et le Renard

De par le Roi des Animaux,
Qui dans son antre était malade,
Fut fait savoir à ses vassaux
Que chaque espèce en ambassade
Envoyât gens le visiter,
Sous promesse de bien traiter
Les Députés, eux et leur suite,
Foi de Lion très bien écrite.
Bon passe-port contre la dent ;
Contre la griffe tout autant.
L'Édit du Prince s'exécute.
De chaque espèce on lui députe.
Les Renards gardant la maison,
Un d'eux en dit cette raison :
Les pas empreints sur la poussière
Par ceux qui s'en vont faire au malade leur cour,
Tous, sans exception, regardent sa tanière ;
Pas un ne marque de retour.
Cela nous met en méfiance.
Que Sa Majesté nous dispense.
Grand merci de son passe-port.
Je le crois bon ; mais dans cet antre
Je vois fort bien comme l'on entre,
Et ne vois pas comme on en sort.

Un mal qui répand la terreur,
Mal que le Ciel en sa fureur
Inventa pour punir les crimes de la terre,
La Peste (puisqu'il faut l'appeler par son nom)
Capable d'enrichir en un jour l'Achéron,
Faisait aux animaux la guerre.
Ils ne mouraient pas tous, mais tous étaient frappés :
On n'en voyait point d'occupés
A chercher le soutien d'une mourante vie ;
Nul mets n'excitait leur envie ;
Ni Loups ni Renards n'épiaient
La douce et l'innocente proie.
Les Tourterelles se fuyaient :
Plus d'amour, partant plus de joie.
Le Lion tint conseil, et dit : Mes chers amis,
Je crois que le Ciel a permis
Pour nos péchés cette infortune ;
Que le plus coupable de nous
Se sacrifie aux traits du céleste courroux,
Peut-être il obtiendra la guérison commune.
L'histoire nous apprend qu'en de tels accidents
On fait de pareils dévouements :
Ne nous flattons donc point ; voyons sans indulgence
L'état de notre conscience.
Pour moi, satisfaisant mes appétits gloutons,

J'ai dévoré force moutons.
Que m'avaient-ils fait ? Nulle offense.
Même il m'est arrivé quelquefois de manger
Le Berger.
Je me dévouerai donc, s'il le faut ; mais je pense
Qu'il est bon que chacun s'accuse ainsi que moi :
Car on doit souhaiter selon toute justice
Que le plus coupable périsse.
— Sire, dit le Renard, vous êtes trop bon Roi ;
Vos scrupules font voir trop de délicatesse ;
Eh bien ! manger moutons, canaille, sotte espèce,
Est-ce un péché ? Non, non. Vous leur fîtes, Seigneur,
En les croquant beaucoup d'honneur.
Et quant au Berger l'on peut dire
Qu'il était digne de tous maux,
Étant de ces gens-là qui sur les animaux
Se font un chimérique empire.
Ainsi dit le Renard, et flatteurs d'applaudir.
On n'osa trop approfondir
Du Tigre, ni de l'Ours, ni des autres puissances,
Les moins pardonnables offenses.
Tous les gens querelleurs, jusqu'aux simples mâtins,
Au dire de chacun, étaient de petits saints.
L'Ane vint à son tour et dit : J'ai souvenance
Qu'en un pré de Moines passant,

La faim, l'occasion, l'herbe tendre, et, je pense
Quelque diable aussi me poussant,
Je tondis de ce pré la largeur de ma langue.
Je n'en avais nul droit, puisqu'il faut parler net.
A ces mots on cria haro sur le baudet.
Un Loup quelque peu clerc prouva par sa harangue
Qu'il fallait dévouer ce maudit animal,
Ce pelé, ce galeux, d'où venait tout le mal.
Sa peccadille fut jugée un cas pendable.
Manger l'herbe d'autrui ! quel crime abominable !
Rien que la mort n'était capable
D'expier son forfait : on le lui fit bien voir.
Selon que vous serez puissant ou misérable,
Les jugements de cour vous rendront blanc ou noir.

La Laitière et le Pot au lait

130

Perrette sur sa tête ayant un Pot au lait
Bien posé sur un coussinet,
Prétendait arriver sans encombre à la ville.
Légère et court vêtue, elle allait à grands pas ;
Ayant mis ce jour-là, pour être plus agile,
Cotillon simple, et souliers plats.
Notre laitière ainsi troussée
Comptait déjà dans sa pensée
Tout le prix de son lait, en employait l'argent,
Achetait un cent d'œufs, faisait triple couvée ;
La chose allait à bien par son soin diligent.
Il m'est, disait-elle, facile,
D'élever des poulets autour de ma maison :
Le Renard sera bien habile,
S'il ne m'en laisse assez pour avoir un cochon.
Le porc à engraisser coûtera peu de son ;
Il était quand je l'eus de grosseur raisonnable :
J'aurai le revendant de l'argent bel et bon.
Et qui m'empêchera de mettre en notre étable,
Vu le prix dont il est, une vache et son veau,
Que je verrai sauter au milieu du troupeau ?
Perrette là-dessus saute aussi, transportée.
Le lait tombe : adieu veau, vache, cochon, couvée ;
La dame de ces biens, quittant d'un œil marri
Sa fortune ainsi répandue,

Va s'excuser à son mari,
En grand danger d'être battue.
Le récit en farce en fut fait ;
On l'appela *le Pot au lait*.

Quel esprit ne bat la campagne ?
Qui ne fait châteaux en Espagne ?
Picrochole, Pyrrhus, la Laitière, enfin tous,
Autant les sages que les fous ?
Chacun songe en veillant, il n'est rien de plus doux :
Une flatteuse erreur emporte alors nos âmes :
Tout le bien du monde est à nous,
Tous les honneurs, toutes les femmes.
Quand je suis seul, je fais au plus brave un défi ;
Je m'écarte, je vais détrôner le Sophi ;
On m'élit roi, mon peuple m'aime ;
Les diadèmes vont sur ma tête pleuvant :
Quelque accident fait-il que je rentre en moi-même ;
Je suis Gros-Jean comme devant.

Le Lièvre et la Tortue

Rien ne sert de courir ; il faut partir à point.
Le Lièvre et la Tortue en sont un témoignage.
Gageons, dit celle-ci, que vous n'atteindrez point
Sitôt que moi ce but. — Sitôt ? Êtes-vous sage ?
Repartit l'animal léger.
Ma commère, il vous faut purger
Avec quatre grains d'ellébore.
— Sage ou non, je parie encore.
Ainsi fut fait : et de tous deux
On mit près du but les enjeux :
Savoir quoi, ce n'est pas l'affaire,
Ni de quel juge l'on convint.
Notre Lièvre n'avait que quatre pas à faire ;
J'entends de ceux qu'il fait lorsque prêt d'être atteint
Il s'éloigne des chiens, les renvoie aux Calendes,
Et leur fait arpenter les landes.
Ayant, dis-je, du temps de reste pour brouter,
Pour dormir, et pour écouter
D'où vient le vent, il laisse la Tortue
Aller son train de Sénateur.
Elle part, elle s'évertue ;
Elle se hâte avec lenteur.
Lui cependant méprise une telle victoire,
Tient la gageure à peu de gloire,
Croit qu'il y va de son honneur

De partir tard. Il broute, il se repose,
Il s'amuse à tout autre chose
Qu'à la gageure. A la fin quand il vit
Que l'autre touchait presque au bout de la carrière,
Il partit comme un trait ; mais les élans qu'il fit
Furent vains : la Tortue arriva la première.
Eh bien ! lui cria-t-elle, avais-je pas raison ?
De quoi vous sert votre vitesse ?
Moi, l'emporter ! et que serait-ce
Si vous portiez une maison ?

L'Homme qui court après la Fortune, et l'Homme qui l'attend dans son lit

Qui ne court après la Fortune ?
Je voudrais être en lieu d'où je pusse aisément
Contempler la foule importune
De ceux qui cherchent vainement
Cette fille du sort de Royaume en Royaume,
Fidèles courtisans d'un volage fantôme.
Quand ils sont près du bon moment,
L'inconstante aussitôt à leurs désirs échappe :
Pauvres gens, je les plains, car on a pour les fous
Plus de pitié que de courroux.
Cet homme, disent-ils, était planteur de choux,
Et le voilà devenu pape :
Ne le valons-nous pas ? — Vous valez cent fois mieux ;
Mais que vous sert votre mérite ?
La Fortune a-t-elle des yeux ?
Et puis la papauté vaut-elle ce qu'on quitte,
Le repos, le repos, trésor si précieux
Qu'on en faisait jadis le partage des Dieux ?
Rarement la Fortune à ses hôtes le laisse.
Ne cherchez point cette Déesse,
Elle vous cherchera ; son sexe en use ainsi.
Certain couple d'amis en un bourg établi,
Possédait quelque bien : l'un soupirait sans cesse
Pour la Fortune ; il dit à l'autre un jour :
Si nous quittions notre séjour ?

Vous savez que nul n'est prophète
En son pays : cherchons notre aventure ailleurs.
— Cherchez, dit l'autre ami, pour moi je ne souhaite
Ni climats ni destins meilleurs.
Contentez-vous ; suivez votre humeur inquiète ;
Vous reviendrez bientôt. Je fais vœu cependant
De dormir en vous attendant.
L'ambitieux, ou, si l'on veut, l'avare,
S'en va par voie et par chemin.
Il arriva le lendemain
En un lieu que devait la Déesse bizarre
Fréquenter sur tout autre ; et ce lieu c'est la cour.
Là donc pour quelque temps il fixe son séjour,
Se trouvant au coucher, au lever, à ces heures
Que l'on sait être les meilleures ;
Bref, se trouvant à tout, et n'arrivant à rien.
Qu'est ceci ? se dit-il, cherchons ailleurs du bien.
La Fortune pourtant habite ces demeures.
Je la vois tous les jours entrer chez celui-ci,
Chez celui-là ; d'où vient qu'aussi
Je ne puis héberger cette capricieuse ?
On me l'avait bien dit, que des gens de ce lieu
L'on n'aime pas toujours l'humeur ambitieuse.
Adieu Messieurs de cour ; Messieurs de cour adieu :
Suivez jusques au bout une ombre qui vous flatte.

La Fortune a, dit-on, des temples à Surate ;
Allons là. Ce fut un de dire et s'embarquer.
Ames de bronze, humains, celui-là fut sans doute
Armé de diamant, qui tenta cette route,
Et le premier osa l'abîme défier.
        Celui-ci pendant son voyage
        Tourna les yeux vers son village

Plus d'une fois, essuyant les dangers
Des pirates, des vents, du calme et des rochers,
Ministres de la mort. Avec beaucoup de peines
On s'en va la chercher en des rives lointaines,
La trouvant assez tôt sans quitter la maison.
L'homme arrive au Mogol ; on lui dit qu'au Japon
La Fortune pour lors distribuait ses grâces.
Il y court ; les mers étaient lasses
De le porter ; et tout le fruit
Qu'il tira de ses longs voyages,
Ce fut cette leçon que donnent les sauvages :
Demeure en ton pays, par la nature instruit.
Le Japon ne fut pas plus heureux à cet homme
Que le Mogol l'avait été ;
Ce qui lui fit conclure en somme,
Qu'il avait à grand tort son village quitté.
Il renonce aux courses ingrates,
Revient en son pays, voit de loin ses pénates,
Pleure de joie, et dit : Heureux, qui vit chez soi ;
De régler ses désirs faisant tout son emploi.
Il ne sait que par ouïr dire
Ce que c'est que la cour, la mer, et ton empire,
Fortune, qui nous fais passer devant les yeux
Des dignités, des biens, que jusqu'au bout du monde
On suit, sans que l'effet aux promesses réponde.

Désormais je ne bouge, et ferai cent fois mieux.
En raisonnant de cette sorte,
Et contre la Fortune ayant pris ce conseil,
Il la trouve assise à la porte
De son ami plongé dans un profond sommeil.

Un jour, sur ses longs pieds, allait je ne sais où,
Le Héron au long bec emmanché d'un long cou.
Il côtoyait une rivière.
L'onde était transparente ainsi qu'aux plus beaux jours ;
Ma commère la carpe y faisait mille tours
Avec le brochet son compère.
Le Héron en eût fait aisément son profit :
Tous approchaient du bord, l'oiseau n'avait qu'à prendre ;
Mais il crut mieux faire d'attendre
Qu'il eût un peu plus d'appétit.
Il vivait de régime, et mangeait à ses heures.
Après quelques moments l'appétit vint : l'oiseau
S'approchant du bord vit sur l'eau
Des Tanches qui sortaient du fond de ces demeures.
Le mets ne lui plut pas ; il s'attendait à mieux
Et montrait un goût dédaigneux
Comme le rat du bon Horace.
Moi des Tanches? dit-il, moi Héron que je fasse
Une si pauvre chère ? Et pour qui me prend-on ?
La Tanche rebutée, il trouva du goujon.
Du goujon ! c'est bien là le dîner d'un Héron !
J'ouvrirais pour si peu le bec ! aux dieux ne plaise !
Il l'ouvrit pour bien moins : tout alla de façon
Qu'il ne vit plus aucun poisson.
La faim le prit, il fut tout heureux et tout aise

De rencontrer un limaçon.
Ne soyons pas si difficiles :
Les plus accommodants ce sont les plus habiles :
On hasarde de perdre en voulant trop gagner.
Gardez-vous de rien dédaigner ;
Surtout quand vous avez à peu près votre compte.

La Cour du Lion *144*

Sa Majesté Lionne un jour voulut connaître
De quelles nations le Ciel l'avait fait maître.
Il manda donc par députés
Ses vassaux de toute nature,
Envoyant de tous les côtés
Une circulaire écriture,
Avec son sceau. L'écrit portait
Qu'un mois durant le Roi tiendrait
Cour plénière, dont l'ouverture
Devait être un fort grand festin,
Suivi des tours de Fagotin
Par ce trait de magnificence
Le Prince à ses sujets étalait sa puissance.
En son Louvre il les invita.
Quel Louvre ! un vrai charnier, dont l'odeur se porta
D'abord au nez des gens. L'Ours boucha sa narine :
Il se fût bien passé de faire cette mine,
Sa grimace déplut. Le Monarque irrité
L'envoya chez Pluton faire le dégoûté.
Le Singe approuva fort cette sévérité,
Et flatteur excessif il loua la colère
Et la griffe du Prince, et l'antre, et cette odeur :
Il n'était ambre, il n'était fleur,
Qui ne fût ail au prix. Sa sotte flatterie
Eut un mauvais succès, et fut encor punie.

Ce Monseigneur du Lion-là
Fut parent de Caligula.
Le Renard étant proche : Or çà, lui dit le Sire,
Que sens-tu ? dis-le-moi : parle sans déguiser.
L'autre aussitôt de s'excuser,
Alléguant un grand rhume : il ne pouvait que dire
Sans odorat ; bref, il s'en tire.
Ceci vous sert d'enseignement :
Ne soyez à la cour, si vous voulez y plaire,
Ni fade adulateur, ni parleur trop sincère ;
Et tâchez quelquefois de répondre en Normand.

Le Chat, la Belette, et le petit Lapin

Du palais d'un jeune Lapin
Dame Belette un beau matin
S'empara ; c'est une rusée.
Le Maître étant absent, ce lui fut chose aisée.
Elle porta chez lui ses pénates un jour
Qu'il était allé faire à l'Aurore sa cour,
Parmi le thym et la rosée.
Après qu'il eut brouté, trotté, fait tous ses tours,
Janot Lapin retourne aux souterrains séjours.
La Belette avait mis le nez à la fenêtre.
O Dieux hospitaliers, que vois-je ici paraître ?
Dit l'animal chassé du paternel logis :
O là, Madame la Belette,
Que l'on déloge sans trompette,
Ou je vais avertir tous les rats du pays.
La Dame au nez pointu répondit que la terre
Était au premier occupant.
C'était un beau sujet de guerre
Qu'un logis où lui-même il n'entrait qu'en rampant.
Et quand ce serait un Royaume
Je voudrais bien savoir, dit-elle, quelle loi
En a pour toujours fait l'octroi
A Jean fils ou neveu de Pierre ou de Guillaume,
Plutôt qu'à Paul, plutôt qu'à moi.
Jean Lapin allégua la coutume et l'usage.

Ce sont, dit-il, leurs lois qui m'ont de ce logis
Rendu maître et seigneur, et qui de père en fils,
L'ont de Pierre à Simon, puis à moi Jean, transmis.
Le premier occupant est-ce une loi plus sage ?
— Or bien sans crier davantage,
Rapportons-nous, dit-elle, à Raminagrobis.
C'était un chat vivant comme un dévot ermite,
Un chat faisant la chattemite,
Un saint homme de chat, bien fourré, gros et gras,
Arbitre expert sur tous les cas.
Jean Lapin pour juge l'agrée.
Les voilà tous deux arrivés
Devant sa majesté fourrée.
Grippeminaud leur dit : Mes enfants, approchez,
Approchez, je suis sourd, les ans en sont la cause.
L'un et l'autre approcha, ne craignant nulle chose.
Aussitôt qu'à portée il vit les contestants,

Grippeminaud le bon apôtre
Jetant des deux côtés la griffe en même temps,
Mit les plaideurs d'accord en croquant l'un et l'autre.
Ceci ressemble fort aux débats qu'ont parfois
Les petits souverains se rapportants aux Rois.

Le Coche et la Mouche

Dans un chemin montant, sablonneux, malaisé,
Et de tous les côtés au Soleil exposé,
Six forts chevaux tiraient un Coche.
Femmes, Moine, vieillards, tout était descendu.
L'attelage suait, soufflait, était rendu.
Une Mouche survient, et des chevaux s'approche ;
Prétend les animer par son bourdonnement ;
Pique l'un, pique l'autre, et pense à tout moment
Qu'elle fait aller la machine,
S'assied sur le timon, sur le nez du Cocher ;
Aussitôt que le char chemine,
Et qu'elle voit les gens marcher,
Elle s'en attribue uniquement la gloire ;
Va, vient, fait l'empressée ; il semble que ce soit
Un Sergent de bataille allant en chaque endroit
Faire avancer ses gens, et hâter la victoire.
La Mouche en ce commun besoin
Se plaint qu'elle agit seule, et qu'elle a tout le soin ;
Qu'aucun n'aide aux chevaux à se tirer d'affaire.
Le Moine disait son Bréviaire ;
Il prenait bien son temps ! une femme chantait ;
C'était bien de chansons qu'alors il s'agissait !
Dame Mouche s'en va chanter à leurs oreilles,
Et fait cent sottises pareilles.
Après bien du travail le Coche arrive au haut.

Respirons maintenant, dit la Mouche aussitôt :
J'ai tant fait que nos gens sont enfin dans la plaine.
Ça, Messieurs les Chevaux, payez-moi de ma peine.

Ainsi certaines gens, faisant les empressés,
S'introduisent dans les affaires :
Ils font partout les nécessaires,
Et, partout importuns, devraient être chassés.

Le Gland et la Citrouille

Dieu fait bien ce qu'il fait. Sans en chercher la preuve
En tout cet Univers, et l'aller parcourant,
Dans les Citrouilles je la treuve.
Un villageois considérant,
Combien ce fruit est gros et sa tige menue :
A quoi songeait-il, dit-il, l'Auteur de tout cela ?
Il a bien mal placé cette Citrouille-là !
Hé parbleu ! Je l'aurais pendue
A l'un des chênes que voilà.
C'eût été justement l'affaire ;
Tel fruit, tel arbre, pour bien faire.
C'est dommage, Garo, que tu n'es point entré
Au conseil de celui que prêche ton Curé :
Tout en eût été mieux ; car pourquoi, par exemple,
Le Gland, qui n'est pas gros comme mon petit doigt,
Ne pend-il pas en cet endroit ?
Dieu s'est mépris : plus je contemple
Ces fruits ainsi placés, plus il semble à Garo
Que l'on a fait un quiproquo.
Cette réflexion embarrassant notre homme :
On ne dort point, dit-il, quand on a tant d'esprit.
Sous un chêne aussitôt il va prendre son somme.
Un gland tombe : le nez du dormeur en pâtit.
Il s'éveille ; et portant la main sur son visage,
Il trouve encor le Gland pris au poil du menton.

Son nez meurtri le force à changer de langage ;
Oh, oh, dit-il, je saigne ! et que serait-ce donc
S'il fût tombé de l'arbre une masse plus lourde,
    Et que ce Gland eût été gourde ?
Dieu ne l'a pas voulu : sans doute il eut raison ;
    J'en vois bien à présent la cause.
    En louant Dieu de toute chose,
    Garo retourne à la maison.

Le Lion, le Loup, et le Renard

Un Lion décrépit, goutteux, n'en pouvant plus,
Voulait que l'on trouvât remède à la vieillesse :
Alléguer l'impossible aux Rois, c'est un abus.
Celui-ci parmi chaque espèce
Manda des Médecins ; il en est de tous arts :
Médecins au Lion viennent de toutes parts ;
De tous côtés lui vient des donneurs de recettes.
Dans les visites qui sont faites,
Le Renard se dispense, et se tient clos et coi.
Le Loup en fait sa cour, daube au coucher du Roi
Son camarade absent ; le Prince tout à l'heure
Veut qu'on aille enfumer Renard dans sa demeure,
Qu'on le fasse venir. Il vient, est présenté ;
Et, sachant que le Loup lui faisait cette affaire :
Je crains, Sire, dit-il, qu'un rapport peu sincère
Ne m'ait à mépris imputé
D'avoir différé cet hommage ;
Mais j'étais en pèlerinage ;
Et m'acquittais d'un vœu fait pour votre santé.
Même j'ai vu dans mon voyage
Gens experts et savants ; leur ai dit la langueur
Dont votre Majesté craint à bon droit la suite.
Vous ne manquez que de chaleur :
Le long âge en vous l'a détruite :
D'un Loup écorché vif appliquez-vous la peau

Toute chaude et toute fumante ;
Le secret sans doute en est beau
Pour la nature défaillante.
Messire Loup vous servira,
S'il vous plaît, de robe de chambre.
Le Roi goûte cet avis-là :
On écorche, on taille, on démembre
Messire Loup. Le Monarque en soupa,
Et de sa peau s'enveloppa ;
Messieurs les courtisans, cessez de vous détruire :
Faites si vous pouvez votre cour sans vous nuire.
Le mal se rend chez vous au quadruple du bien.
Les daubeurs ont leur tour d'une ou d'autre manière :
Vous êtes dans une carrière
Où l'on ne se pardonne rien.

Le Savetier et le Financier

Un Savetier chantait du matin jusqu'au soir :
C'était merveilles de le voir,
Merveilles de l'ouïr ; il faisait des passages,
Plus content qu'aucun des sept sages.
Son voisin au contraire, étant tout cousu d'or,
Chantait peu, dormait moins encor.
C'était un homme de finance.
Si sur le point du jour parfois il sommeillait,
Le savetier alors en chantant l'éveillait,
Et le Financier se plaignait,
Que les soins de la Providence
N'eussent pas au marché fait vendre le dormir,
Comme le manger et le boire.
En son hôtel il fait venir
Le chanteur, et lui dit : Or çà, sire Grégoire,
Que gagnez-vous par an ? — Par an ? Ma foi, Monsieur,
Dit avec un ton de rieur,
Le gaillard Savetier, ce n'est point ma manière
De compter de la sorte ; et je n'entasse guère
Un jour sur l'autre : il suffit qu'à la fin
J'attrape le bout de l'année :
Chaque jour amène son pain.
— Eh bien que gagnez-vous, dites-moi, par journée ?
— Tantôt plus, tantôt moins : le mal est que toujours ;
(Et sans cela nos gains seraient assez honnêtes),

Le mal est que dans l'an s'entremêlent des jours
Qu'il faut chômer ; on nous ruine en Fêtes.
L'une fait tort à l'autre ; et Monsieur le Curé
De quelque nouveau Saint charge toujours son prône.
Le Financier riant de sa naïveté
Lui dit : Je vous veux mettre aujourd'hui sur le trône.
Prenez ces cent écus : gardez-les avec soin,
    Pour vous en servir au besoin

Le Savetier crut voir tout l'argent que la terre
Avait depuis plus de cent ans
Produit pour l'usage des gens.
Il retourne chez lui : dans sa cave il enserre
L'argent et sa joie à la fois.
Plus de chant ; il perdit la voix
Du moment qu'il gagna ce qui cause nos peines.
Le sommeil quitta son logis,
Il eut pour hôtes les soucis,
Les soupçons, les alarmes vaines.
Tout le jour il avait l'œil au guet ; Et la nuit,
Si quelque chat faisait du bruit,
Le chat prenait l'argent : A la fin le pauvre homme
S'en courut chez celui qu'il ne réveillait plus !
Rendez-moi, lui dit-il, mes chansons et mon somme,
Et reprenez vos cent écus.

Le Chien qui porte à son cou le dîné de son maître — *160*

Nous n'avons pas les yeux à l'épreuve des belles,
Ni les mains à celle de l'or :
Peu de gens gardent un trésor
Avec des soins assez fidèles.
Certain Chien, qui portait la pitance au logis,
S'était fait un collier du dîné de son maître.
Il était tempérant plus qu'il n'eût voulu l'être
Quand il voyait un mets exquis :
Mais enfin il l'était et tous tant que nous sommes
Nous nous laissons tenter à l'approche des biens.
Chose étrange ! on apprend la tempérance aux chiens,
Et l'on ne peut l'apprendre aux hommes.
Ce Chien-ci donc étant de la sorte atourné,
Un mâtin passe, et veut lui prendre le dîné.
Il n'en eut pas toute la joie
Qu'il espérait d'abord : le Chien mit bas la proie,
Pour la défendre mieux n'en étant plus chargé.
Grand combat : D'autres chiens arrivent ;
Ils étaient de ceux-là qui vivent
Sur le public, et craignent peu les coups.
Notre Chien se voyant trop faible contre eux tous,
Et que la chair courait un danger manifeste,
Voulut avoir sa part ; Et lui sage, il leur dit :
Point de courroux, Messieurs, mon lopin me suffit :
Faites votre profit du reste.

A ces mots le premier il vous happe un morceau.
Et chacun de tirer, le mâtin, la canaille ;
A qui mieux mieux ; ils firent tous ripaille ;
Chacun d'eux eut part au gâteau.

Je crois voir en ceci l'image d'une Ville,
Où l'on met les deniers à la merci des gens.
Échevins, Prévôt des Marchands,
Tout fait sa main : le plus habile
Donne aux autres l'exemple ; Et c'est un passe-temps
De leur voir nettoyer un monceau de pistoles.
Si quelque scrupuleux par des raisons frivoles
Veut défendre l'argent, et dit le moindre mot,
On lui fait voir qu'il est un sot.
Il n'a pas de peine à se rendre :
C'est bientôt le premier à prendre.

Le Rat et l'Huître

Un Rat hôte d'un champ, Rat de peu de cervelle,
Des Lares paternels un jour se trouva soû.
Il laisse là le champ, le grain, et la javelle,
Va courir le pays, abandonne son trou.
        Sitôt qu'il fut hors de la case,
Que le monde, dit-il, est grand et spacieux !
Voilà les Apennins, et voici le Caucase :
La moindre taupinée était mont à ses yeux.
Au bout de quelques jours le voyageur arrive
En un certain canton où Thétys sur la rive
Avait laissé mainte Huître ; et notre Rat d'abord
Crut voir en les voyant des vaisseaux de haut bord.
Certes, dit-il, mon père était un pauvre sire :
Il n'osait voyager, craintif au dernier point :
Pour moi, j'ai déjà vu le maritime empire :
J'ai passé les déserts, mais nous n'y bûmes point.
D'un certain magister le Rat tenait ces choses,
        Et les disait à travers champs ;
N'étant pas de ces Rats qui les livres rongeants
        Se font savants jusques aux dents.
        Parmi tant d'Huîtres toutes closes,
Une s'était ouverte, et bâillant au Soleil,
        Par un doux Zéphir réjouie,
Humait l'air, respirait, était épanouie,
Blanche, grasse, et d'un goût, à la voir, nonpareil.

D'aussi loin que le Rat voit cette Huître qui bâille :
Qu'aperçois-je ? dit-il, c'est quelque victuaille ;
Et, si je ne me trompe à la couleur du mets,
Je dois faire aujourd'hui bonne chère, ou jamais.
Là-dessus maître Rat plein de belle espérance,
Approche de l'écaille, allonge un peu le cou,
Se sent pris comme aux lacs ; car l'Huître tout d'un coup
Se referme, et voilà, ce que fait l'ignorance.

Cette Fable contient plus d'un enseignement.
Nous y voyons premièrement :
Que ceux qui n'ont du monde aucune expérience
Sont aux moindres objets frappés d'étonnement :
Et puis nous y pouvons apprendre,
Que tel est pris qui croyait prendre.

L'Ours
et l'Amateur des jardins

Certain Ours montagnard, Ours à demi léché,
Confiné par le sort dans un bois solitaire,
Nouveau Bellérophon vivait seul et caché :
Il fût devenu fou ; la raison d'ordinaire
N'habite pas longtemps chez les gens séquestrés :
Il est bon de parler, et meilleur de se taire,
Mais tous deux sont mauvais alors qu'ils sont outrés.
        Nul animal n'avait affaire
        Dans les lieux que l'Ours habitait ;
        Si bien que tout Ours qu'il était
Il vint à s'ennuyer de cette triste vie.
Pendant qu'il se livrait à la mélancolie,
        Non loin de là certain vieillard
        S'ennuyait aussi de sa part.
Il aimait les jardins, était Prêtre de Flore,
        Il l'était de Pomone encore :
Ces deux emplois sont beaux : Mais je voudrais parmi
        Quelque doux et discret ami.
Les jardins parlent peu ; si ce n'est dans mon livre ;
        De façon que, lassé de vivre
Avec des gens muets notre homme un beau matin
Va chercher compagnie, et se met en campagne.
        L'Ours porté d'un même dessein
        Venait de quitter sa montagne :
        Tous deux, par un cas surprenant

Se rencontrent en un tournant.
L'homme eut peur : mais comment esquiver ; et que faire ?
Se tirer en Gascon d'une semblable affaire
Est le mieux : il sut donc dissimuler sa peur.
L'Ours très mauvais complimenteur,
Lui dit : Viens-t'en me voir. L'autre reprit : Seigneur,
Vous voyez mon logis ; si vous me vouliez faire
Tant d'honneur que d'y prendre un champêtre repas,
J'ai des fruits, j'ai du lait : Ce n'est peut-être pas
De Nosseigneurs les Ours le manger ordinaire ;
Mais j'offre ce que j'ai. L'Ours l'accepte ; et d'aller.
Les voilà bons amis avant que d'arriver.
Arrivés, les voilà se trouvant bien ensemble ;
Et bien qu'on soit à ce qu'il semble
Beaucoup mieux seul qu'avec des sots,
Comme l'Ours en un jour ne disait pas deux mots
L'Homme pouvait sans bruit vaquer à son ouvrage.
L'Ours allait à la chasse, apportait du gibier,
Faisait son principal métier
D'être bon émoucheur, écartait du visage
De son ami dormant, ce parasite ailé,
Que nous avons mouche appelé.
Un jour que le vieillard dormait d'un profond somme,
Sur le bout de son nez une allant se placer
Mit l'Ours au désespoir, il eut beau la chasser.

Je t'attraperai bien, dit-il. Et voici comme.
Aussitôt fait que dit ; le fidèle émoucheur
Vous empoigne un pavé, le lance avec roideur,
Casse la tête à l'homme en écrasant la mouche,
Et non moins bon archer que mauvais raisonneur :
Roide mort étendu sur la place il le couche.
Rien n'est si dangereux qu'un ignorant ami ;
Mieux vaudrait un sage ennemi.

La femme du Lion mourut :
Aussitôt chacun accourut
Pour s'acquitter envers le Prince
De certains compliments de consolation,
Qui sont surcroît d'affliction.
Il fit avertir sa Province
Que les obsèques se feraient
Un tel jour, en tel lieu ; ses Prévôts y seraient
Pour régler la cérémonie,
Et pour placer la compagnie.
Jugez si chacun s'y trouva.
Le Prince aux cris s'abandonna,
Et tout son antre en résonna.
Les Lions n'ont point d'autre temple.
On entendit à son exemple
Rugir en leurs patois Messieurs les Courtisans.
Je définis la cour un pays où les gens
Tristes, gais, prêts à tout, à tout indifférents,
Sont ce qu'il plaît au Prince, ou s'ils ne peuvent l'être,
Tâchent au moins de le paraître,
Peuple caméléon, peuple singe du maître,
On dirait qu'un esprit anime mille corps ;
C'est bien là que les gens sont de simples ressorts.
Pour revenir à notre affaire
Le Cerf ne pleura point, comment eût-il pu faire?

Cette mort le vengeait ; la Reine avait jadis
Étranglé sa femme et son fils.
Bref il ne pleura point. Un flatteur l'alla dire,
Et soutint qu'il l'avait vu rire.
La colère du Roi, comme dit Salomon,
Est terrible, et surtout celle du roi Lion :
Mais ce Cerf n'avait pas accoutumé de lire.
Le Monarque lui dit : Chétif hôte des bois
Tu ris, tu ne suis pas ces gémissantes voix.
Nous n'appliquerons point sur tes membres profanes
Nos sacrés ongles ; venez Loups,
Vengez la Reine, immolez tous
Ce traître à ses augustes mânes.
Le Cerf reprit alors : Sire, le temps de pleurs
Est passé ; la douleur est ici superflue.
Votre digne moitié couchée entre des fleurs,
Tout près d'ici m'est apparue ;
Et je l'ai d'abord reconnue.
Ami, m'a-t-elle dit, garde que ce convoi,
Quand je vais chez les dieux, ne t'oblige à des larmes.
Aux Champs Élysiens j'ai goûté mille charmes,
Conversant avec ceux qui sont saints comme moi.
Laisse agir quelque temps le désespoir du Roi.
J'y prends plaisir. A peine on eut ouï la chose,
Qu'on se mit à crier : Miracle, apothéose !

Le Cerf eut un présent, bien loin d'être puni.
Amusez les Rois par des songes,
Flattez-les, payez-les d'agréables mensonges,
Quelque indignation dont leur cœur soit rempli,
Ils goberont l'appât, vous serez leur ami.

Dès que les Chèvres ont brouté,
Certain esprit de liberté
Leur fait chercher fortune ; elles vont en voyage
Vers les endroits du pâturage
Les moins fréquentés des humains.
Là s'il est quelque lieu sans route et sans chemins,
Un rocher, quelque mont pendant en précipices,
C'est où ces Dames vont promener leurs caprices ;
Rien ne peut arrêter cet animal grimpant.
Deux Chèvres donc s'émancipant,
Toutes deux ayant patte blanche,
Quittèrent les bas prés, chacune de sa part.
L'une vers l'autre allait pour quelque bon hasard.
Un ruisseau se rencontre, et pour pont une planche.
Deux Belettes à peine auraient passé de front
Sur ce pont ;
D'ailleurs, l'onde rapide et le ruisseau profond
Devaient faire trembler de peur ces Amazones.
Malgré tant de dangers, l'une de ces personnes
Pose un pied sur la planche, et l'autre en fait autant.
Je m'imagine voir avec Louis le Grand
Philippe Quatre qui s'avance
Dans l'île de la Conférence.

Ainsi s'avançaient pas à pas,
Nez à nez, nos Aventurières,
Qui, toutes deux étant fort fières,
Vers le milieu du pont ne se voulurent pas
L'une à l'autre céder. Elles avaient la gloire
De compter dans leur race (à ce que dit l'Histoire)
L'une certaine Chèvre au mérite sans pair
Dont Polyphème fit présent à Galatée,
Et l'autre la chèvre Amalthée,
Par qui fut nourri Jupiter.
Faute de reculer, leur chute fut commune ;
Toutes deux tombèrent dans l'eau.
Cet accident n'est pas nouveau
Dans le chemin de la Fortune.

L'Ane et le Chien

174

Il se faut entr'aider, c'est la loi de nature :
L'Ane un jour pourtant s'en moqua :
Et ne sais comme il y manqua ;
Car il est bonne créature.
Il allait par pays accompagné du Chien,
Gravement, sans songer à rien,
Tous deux suivis d'un commun maître.
Ce maître s'endormit : l'Ane se mit à paître :
Il était alors dans un pré,
Dont l'herbe était fort à son gré.
Point de chardons pourtant ; il s'en passa pour l'heure :
Il ne faut pas toujours être si délicat ;
Et faute de servir ce plat
Rarement un festin demeure.
Notre Baudet s'en sut enfin
Passer pour cette fois. Le Chien mourant de faim
Lui dit : Cher compagnon, baisse-toi, je te prie ;
Je prendrai mon dîné dans le panier au pain.
Point de réponse, mot ; le Roussin d'Arcadie
Craignit qu'en perdant un moment,
Il ne perdît un coup de dent.
Il fit longtemps la sourde oreille :

Enfin il répondit : Ami, je te conseille
D'attendre que ton maître ait fini son sommeil ;
Car il te donnera sans faute à son réveil,
Ta portion accoutumée.
Il ne saurait tarder beaucoup.
Sur ces entrefaites un Loup
Sort du bois, et s'en vient ; autre bête affamée.
L'Ane appelle aussitôt le Chien à son secours.
Le Chien ne bouge, et dit : Ami, je te conseille
De fuir, en attendant que ton maître s'éveille ;
Il ne saurait tarder ; détale vite, et cours.
Que si ce Loup t'atteint, casse-lui la mâchoire.
On t'a ferré de neuf ; et si tu me veux croire,
Tu l'étendras tout plat. Pendant ce beau discours
Seigneur Loup étrangla le Baudet sans remède.
Je conclus qu'il faut qu'on s'entr'aide.

Le Chat et le Renard — *176*

Le Chat et le Renard, comme beaux petits saints,
S'en allaient en pèlerinage.
C'étaient deux vrais Tartufs, deux archipatelins,
Deux francs Patte-pelus qui, des frais du voyage,
Croquant mainte volaille, escroquant maint fromage,
S'indemnisaient à qui mieux mieux.
Le chemin était long, et partant ennuyeux,
Pour l'accourcir ils disputèrent.
La dispute est d'un grand secours ;
Sans elle on dormirait toujours.
Nos pèlerins s'égosillèrent.
Ayant bien disputé, l'on parla du prochain.
Le Renard au Chat dit enfin :
Tu prétends être fort habile :
En sais-tu tant que moi ? J'ai cent ruses au sac.
— Non, dit l'autre : je n'ai qu'un tour dans mon bissac,
Mais je soutiens qu'il en vaut mille.
Eux de recommencer la dispute à l'envi,
Sur le que si, que non, tous deux étant ainsi,
Une meute apaisa la noise.
Le Chat dit au Renard : Fouille en ton sac, ami :
Cherche en ta cervelle matoise
Un stratagème sûr. Pour moi, voici le mien.
A ces mots sur un arbre il grimpa bel et bien.

L'autre fit cent tours inutiles,
Entra dans cent terriers, mit cent fois en défaut
Tous les confrères de Brifaut.
Partout il tenta des asiles,
Et ce fut partout sans succès :
La fumée y pourvut, ainsi que les bassets.
Au sortir d'un Terrier, deux chiens aux pieds agiles
L'étranglèrent du premier bond.
Le trop d'expédients peut gâter une affaire ;
On perd du temps au choix, on tente, on veut tout faire.
N'en ayons qu'un, mais qu'il soit bon.

La Tortue et les deux Canards *178*

Une Tortue était, à la tête légère,
Qui, lasse de son trou, voulut voir le pays,
Volontiers on fait cas d'une terre étrangère :
Volontiers gens boiteux haïssent le logis.
Deux Canards à qui la commère
Communiqua ce beau dessein,
Lui dirent qu'ils avaient de quoi la satisfaire :
Voyez-vous ce large chemin ?
Nous vous voiturerons, par l'air, en Amérique,
Vous verrez mainte République,
Maint Royaume, maint peuple, et vous profiterez
Des différentes mœurs que vous remarquerez.
Ulysse en fit autant. On ne s'attendait guère
De voir Ulysse en cette affaire.
La Tortue écouta la proposition.
Marché fait, les oiseaux forgent une machine
Pour transporter la pèlerine.
Dans la gueule en travers on lui passe un bâton.
Serrez bien, dirent-ils ; gardez de lâcher prise.
Puis chaque Canard prend ce bâton par un bout.
La Tortue enlevée, on s'étonne partout
De voir aller en cette guise
L'animal lent et sa maison,
Justement au milieu de l'un et l'autre Oison.

Miracle, criait-on. Venez voir dans les nues
Passer la Reine des Tortues.
— La Reine. Vraiment oui. Je la suis en effet ;
Ne vous en moquez point. Elle eût beaucoup mieux fait
De passer son chemin sans dire aucune chose ;
Car lâchant le bâton en desserrant les dents,
Elle tombe, elle crève aux pieds des regardants.
Son indiscrétion de sa perte fut cause.
Imprudence, babil, et sotte vanité,
Et vaine curiosité,
Ont ensemble étroit parentage.
Ce sont enfants tous d'un lignage.

Les Poissons et le Cormoran

Il n'était point d'étang dans tout le voisinage
Qu'un Cormoran n'eût mis à contribution.
Viviers et réservoirs lui payaient pension.
Sa cuisine allait bien : mais, lorsque le long âge
Eut glacé le pauvre animal,
La même cuisine alla mal.
Tout Cormoran se sert de pourvoyeur lui-même.
Le nôtre, un peu trop vieux pour voir au fond des eaux,
N'ayant ni filets ni réseaux,
Souffrait une disette extrême.
Que fit-il ? Le besoin, docteur en stratagème,
Lui fournit celui-ci. Sur le bord d'un Étang
Cormoran vit une Écrevisse.
Ma commère, dit-il, allez tout à l'instant
Porter un avis important
A ce peuple. Il faut qu'il périsse :
Le maître de ce lieu dans huit jours pêchera.
L'Écrevisse en hâte s'en va
Conter le cas : grande est l'émute.
On court, on s'assemble, on députe
A l'Oiseau : Seigneur Cormoran,
D'où vous vient cet avis ? Quel est votre garand ?
Êtes-vous sûr de cette affaire ?
N'y savez-vous remède ? Et qu'est-il bon de faire ?
— Changer de lieu, dit-il. — Comment le ferons-nous ?

— N'en soyez point en soin : je vous porterai tous,
L'un après l'autre, en ma retraite.
Nul que Dieu seul et moi n'en connaît les chemins :
Il n'est demeure plus secrète.
Un Vivier que nature y creusa de ses mains,
Inconnu des traîtres humains,
Sauvera votre république.
On le crut. Le peuple aquatique
L'un après l'autre fut porté
Sous ce rocher peu fréquenté.
Là Cormoran le bon apôtre,
Les ayant mis en un endroit
Transparent, peu creux, fort étroit,
Vous les prenait sans peine, un jour l'un, un jour l'autre.
Il leur apprit à leurs dépens
Que l'on ne doit jamais avoir de confiance
En ceux qui sont mangeurs de gens.
Ils y perdirent peu, puisque l'humaine engeance
En aurait aussi bien croqué sa bonne part ;
Qu'importe qui vous mange ? homme ou loup ; toute panse
Me paraît une à cet égard ;
Un jour plus tôt, un jour plus tard,
Ce n'est pas grande différence.

Le Renard et les Poulets d'Inde

Contre les assauts d'un Renard
Un arbre à des Dindons servait de citadelle.
Le perfide ayant fait tout le tour du rempart,
Et vu chacun en sentinelle,
S'écria : Quoi ! Ces gens se moqueront de moi !
Eux seuls seront exempts de la commune loi !
Non, par tous les dieux, non. Il accomplit son dire.
La lune, alors luisant, semblait, contre le sire,

Vouloir favoriser la dindonnière gent.
Lui, qui n'était novice au métier d'assiégeant,
Eut recours à son sac de ruses scélérates,
Feignit vouloir gravir, se guinda sur ses pattes,
Puis contrefit le mort, puis le ressuscité.
        Harlequin n'eût exécuté
        Tant de différents personnages.
Il élevait sa queue, il la faisait briller,
        Et cent mille autres badinages.
Pendant quoi nul Dindon n'eût osé sommeiller :
L'ennemi les lassait en leur tenant la vue
        Sur même objet toujours tendue.
Les pauvres gens étant à la longue éblouis
Toujours il en tombait quelqu'un : autant de pris,
Autant de mis à part ; près de moitié succombe.
Le compagnon les porte en son garde-manger.
Le trop d'attention qu'on a pour le danger
        Fait le plus souvent qu'on y tombe.

Le Renard, le Loup, et le Cheval

Un Renard, jeune encor, quoique des plus madrés,
Vit le premier Cheval qu'il eût vu de sa vie.
Il dit à certain Loup, franc novice : Accourez :
Un Animal paît dans nos prés,
Beau, grand ; j'en ai la vue encor toute ravie.
— Est-il plus fort que nous ? dit le Loup en riant.
Fais-moi son Portrait, je te prie.
— Si j'étais quelque Peintre ou quelque Étudiant,
Repartit le Renard, j'avancerais la joie
Que vous aurez en le voyant.
Mais venez. Que sait-on ? peut-être est-ce une proie
Que la Fortune nous envoie.
Ils vont ; et le Cheval, qu'à l'herbe on avait mis,
Assez peu curieux de semblables amis,
Fut presque sur le point d'enfiler la venelle.
Seigneur, dit le Renard, vos humbles serviteurs
Apprendraient volontiers comment on vous appelle.
Le Cheval, qui n'était dépourvu de cervelle,
Leur dit : Lisez mon nom, vous le pouvez, Messieurs :
Mon Cordonnier l'a mis autour de ma semelle.
Le Renard s'excusa sur son peu de savoir.
Mes parents, reprit-il, ne m'ont point fait instruire ;
Ils sont pauvres et n'ont qu'un trou pour tout avoir.
Ceux du Loup, gros Messieurs, l'ont fait apprendre à lire.

Le Loup, par ce discours flatté,
S'approcha ; mais sa vanité
Lui coûta quatre dents : le Cheval lui desserre
Un coup ; et haut le pied. Voilà mon Loup par terre
Mal en point, sanglant et gâté.
Frère, dit le Renard, ceci nous justifie
Ce que m'ont dit des gens d'esprit :
Cet animal vous a sur la mâchoire écrit
Que de tout inconnu le Sage se méfie.

Le Loup et le Renard

Mais d'où vient qu'au Renard Ésope accorde un point ?
C'est d'exceller en tours pleins de matoiserie.
J'en cherche la raison, et ne la trouve point.
Quand le Loup a besoin de défendre sa vie,
Ou d'attaquer celle d'autrui,
N'en sait-il pas autant que lui ?
Je crois qu'il en sait plus ; et j'oserais peut-être
Avec quelque raison contredire mon maître.
Voici pourtant un cas où tout l'honneur échut
A l'hôte des terriers. Un soir il aperçut
La Lune au fond d'un puits : l'orbiculaire image
Lui parut un ample fromage.
Deux seaux alternativement
Puisaient le liquide élément :
Notre Renard, pressé par une faim canine,
S'accommode en celui qu'au haut de la machine
L'autre seau tenait suspendu.
Voilà l'animal descendu,
Tiré d'erreur, mais fort en peine,
Et voyant sa perte prochaine.
Car comment remonter, si quelque autre affamé,
De la même image charmé,
Et succédant à sa misère,
Par le même chemin ne le tirait d'affaire ?
Deux jours s'étaient passés sans qu'aucun vînt au puits.

Le temps qui toujours marche avait pendant deux nuits
Échancré selon l'ordinaire
De l'astre au front d'argent la face circulaire.
Sire Renard était désespéré.
Compère Loup, le gosier altéré,
Passe par là ; l'autre dit : Camarade,
Je veux vous régaler ; voyez-vous cet objet ?
C'est un fromage exquis. Le dieu Faune l'a fait,
La vache Io donna le lait.
Jupiter, s'il était malade,
Reprendrait l'appétit en tâtant d'un tel mets.
J'en ai mangé cette échancrure,
Le reste vous sera suffisante pâture.
Descendez dans un seau que j'ai mis là exprès.
Bien qu'au moins mal qu'il pût il ajustât l'histoire,
Le Loup fut un sot de le croire.
Il descend, et son poids, emportant l'autre part,
Reguinde en haut maître Renard.
Ne nous en moquons point : nous nous laissons séduire
Sur aussi peu de fondement ;
Et chacun croit fort aisément
Ce qu'il craint et ce qu'il désire.